惡魔高校DxD

請問您今天要來點惡魔嗎？

DX.6

石踏一榮
ICHIEI ISHIBUMI

Kadokawa Fantastic Novels

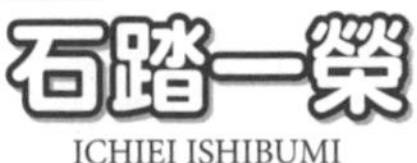

彩頁、內文插圖／みやま零

目錄

小的也是胸部——

大的也是胸部——

CAFE C×C

這裡是位於駒王町的咖啡廳「C×C」。
在供「D×D」成員們相聚的這間店裡，
今天也聽得到一誠等人放鬆心情閒聊的聲音。

「哎呀，一誠。你在看什麼呀？」

「喔喔，上次我在打掃社辦時找到了這本相簿。」

愛西亞

「好懷念喔。這是我剛遇見一誠先生那一陣子的照片呢。」

「那個時候，我什麼事都不懂。我們倆還去參觀過大家的惡魔工作對吧？」

莉雅絲

「發生過好多事呢……明明才過了一年多，感覺卻像是好久以前的事。」

「是喔，一誠你們也有過這種時候啊……」

「伊莉娜，妳在這裡是店員吧？不去工作沒關係嗎？」

「沒關係啦，就當作是休息時間！對了，我想聽你們這個時候的故事。可以告訴我嗎？」

「真拿妳沒轍……好吧，那我們來聊聊往事吧。」

Life.1 仍是惡魔！

「喂！站住，不要跑！」

深夜──我一邊放聲怒吼，一邊在夜裡的廢墟中奔馳。

因為社長突然接到大公下達的命令。內容是──討伐離群惡魔。

於是我們趕往情報指出的離群惡魔潛伏地點，也就是鎮郊的廢棄大樓。才剛走進來我們便立刻受到魔力的歡迎，之後就和離群惡魔展開了追逐戰。

「真是沒完沒了！」

跑在我身旁的社長手中冒出毀滅魔力，朝前方發射出去。

「轟！」凶惡的力量竄過陰暗的廢棄大樓，挖開走廊的牆壁和地板，繼續往前方飛去。

瞬間──走廊的另一頭展開好幾層魔法陣，試圖抵擋毀滅魔力。

「啪唧！」隨著玻璃碎裂似的聲響，防禦魔法陣在毀滅魔力之下毫無抵抗能力地一一遭到粉碎。

「嗚！」

我還聽見苦悶的聲音。看來剛才的衝擊也讓敵人受到傷害了。

「社長，我先上前去了！」

即刻出現在一旁的木場才剛這麼說，便隨著魔劍刀身的閃光衝向前方。

幾次的刀劍交鋒在黑暗的夜色中迸出火花。接著，確認過沒有什麼聲響之後，社長鬆了口氣。

「看來，祐斗瓦解了敵人的戰鬥能力呢。」

朱乃學姊也從後方現身和我們會合。

「哎呀哎呀，已經結束了嗎？看來在我們收拾那位先生放出來的魔物時，鋒頭都被社長她們搶走了呢。對吧，小貓？」

和朱乃學姊一起登場的小貓隨手把她手上那隻詭異的大型飛蟲丟在走廊上，輕聲說道。

「……太弱了。」

摔在走廊上的飛蟲邊發出「咻咻」的聲響邊變成泡泡，隨後消失。那是離群惡魔釋放出來的蟲型使魔。於是就變成了朱乃學姊和小貓負責對付那隻飛蟲，我們追趕目標的狀況。嗚嗚，外型詭異的傢伙連消失的時候都那麼怪……

「不知道為什麼，這隻蟲一直集中瞄準我的胸部。」

朱乃學姊這麼說。專門瞄準胸部的……飛蟲？難道是飛蛾撲火的飛蟲撲胸版嗎？

「這隻蟲就像一誠學長。」

小貓一面嘆氣一面這麼嘀咕！不好意思喔，反正我就是和蟲子沒兩樣！

「哈嗚嗚……深夜的廢墟好可怕……」

從朱乃學姊和小貓身後探出頭來的是看起來很害怕的愛西亞。第一次討伐離群惡魔的愛西亞待在後衛的位置，以不妨礙朱乃學姊及小貓為前提跟著參觀。

「所有人都到齊了吧。好了，我們去拜見離群惡魔先生的長相吧。」

在社長的帶領之下，我們走向被木場攻到無處可退的敵人身邊。

來到走廊深處──在盡頭的地方，一個披著長袍、身形消瘦的男子護著肩上的傷，跪倒在地。木場的視線未曾離開敵人身上，魔劍的劍尖也指著對方。

社長站上前去，帶著無畏的笑容問了。

「貴安，離群惡魔先生。你已經被將死了。還是你不打算投降，已經做好對抗到最後的覺悟了呢？」

聽社長這麼說，男子舉起雙手，表示不會抵抗。

「不，我投降。面對吉蒙里家的公主，再怎麼說我也沒有多少勝算吧。」

這樣啊，沒想到他會這麼聽話呢。我還以為他會像之前的離群惡魔拜殺那樣抗爭到底，最後被我們的社員反殺呢……

「那麼，你是決定投降，任由冥界裁罰你嘍。」

「……妳有一對好胸部呢。」

對於社長的詢問，離群惡魔居然這麼回答！那個混帳，竟敢盯著社長的胸部笑得那麼惹人厭！

社長眯起眼睛，再次詢問。

「你要投降對吧？」

「……是。」

社長氣勢十足的詢問讓男子點了頭——但卻沒有收起他那惹人厭的笑容。

「很好。朱乃，把他綁起來之後，用魔法陣傳送到冥界去。」

「遵命。」

聽了社長的命令，朱乃學姊表示「可惜啊，你多抵抗一下的話我就有得玩了……」展露可怕的嗜虐性之餘，還是用魔力拘束起男子。她以魔力製造出繩索綑綁男子。繩索上面浮現推測是拘束用的惡魔文字。在拘束住男子的同時，他的腳邊也展開了傳送用的魔法陣。魔法陣的光芒在夜色中更顯耀眼。

結果就這樣結束了啊。上次對付拜殺的時候我也毫無表現，原本還幹勁十足地想說這次一定要派上用場呢……難得有赤龍帝手甲的倍增與轉讓能力也沒用到……經歷對抗菲尼克斯之戰，我以為有稍微變強的說。看來比起木場和朱乃學姊還差得遠是吧。這下悶了……

在我大失所望時——看見了逐漸消失在轉移魔法陣中的男子那醜惡的笑容。

「……因為我該做的事情已經做完了。」

輕聲留下這麼一句話，男子就被傳送走了——

「該做的事情已經做完了……是吧。」

我一邊自言自語地重複著離群惡魔最後留下的那句意有所指的臺詞，一邊在房間裡準備去洗澡。

討伐離群惡魔後，我們原地解散。結束對抗萊薩·菲尼克斯之戰的我們回到了一如往常的生活，過著和平的日子，卻突然接到討伐離群惡魔的命令——然後，這件事情剛才也已經解決了。

其他眷屬在討伐完成後，也都一臉放心地踏上歸途。但只有我一直無法忘記那個男人最後脫口而出的臺詞。

逃離主人的身邊，想做的事情也做完了，所以被抓起來也沒關係嗎？他做完的事情是什麼？聽說，他每天晚上都在那棟廢棄大樓反覆進行神祕的實驗……看似實驗設施的東西只有可能很重要的資料被送到冥界去，剩下的設施都被我們全破壞掉了。

……那個離群惡魔在最後一刻脫口說出的是對社長的胸部的感想。我對這點也很介意。而且離群惡魔製造出來的蟲型魔物也集中瞄準朱乃學姊的胸部……

嗯——感覺我再怎麼想也不會有任何突破。算了，還是為了消除今天一整天的疲勞，去泡澡吧。

就在我來到一樓，走進浴室的時候……

「哎呀，一誠也來洗澡？」

——！我在更衣室撞見半裸的社長！現在是社長的洗澡時間嗎————！而且已經是身上只剩下內褲的狀態了！胸部！裸胸！連粉紅色的尖端都看得一清二楚啊！簡直大飽眼福！不對，時機未免也太巧了吧！

而且社長真是的，被我看了也完全沒有要遮掩的意思！看來她還是覺得裸體被我看見也沒差！

沒錯，顧著想離群惡魔說的話害我完全忘記了。

在悔婚事件後，社長就寄宿在兵藤家了。正確來說，是社長強制性地住進我家來了！

在那之後，這種色色的意外也經常發生！像是早上起床發現社長也睡在我的床上，洗澡時社長會不以為意地闖進來之類的！諸如此類的事不時就會發生！

對我而言……這是最棒的狀況！再也沒有比這個更幸福的生活了……不過，在發生這種意外的時候多半都會有某個人出現——

「哈嗚！社長又想和一誠先生一起洗澡了嗎！」

就是寄宿在這裡的另外一個女生——愛西亞！喔喔喔喔喔，愛西亞！妳真的很會抓這種時機呢！

「愛西亞也來洗澡嗎？那麼，三個人一起洗就不會浪費時間了。」

社長在這個狀況下還露出笑容對我和愛西亞這麼說！

浴室，我坐在浴室椅上。

來回幫我刷著背的是——社長！

「一誠果然是男生。背好大喔。」

社長邊幫我洗身體還邊這麼說！連手腳都幫我洗了！我透過浴室的鏡子看著全裸社長的倒影！鏡子裡只有肉色！豐滿的乳房彈力十足地晃動著！而且社長居然連遮都不想遮！不知不覺間，我的注意力只能放在看著鏡中的社長上面了！

……還差一點。只要再稍微挪動一點點——

這時，社長的手也伸到前面來了。

「前面我也幫你洗吧。」

——！這可不行！我反射性地縮起身子！

「乖，別遮了。」

社長來硬的想要攻破我的防禦！

軟溜——

——是怎樣！背上傳來的這個柔軟又彈嫩的觸感，該不會！是胸部嗎！

社長為了試圖攻破我的防禦，整個人貼到我背上來了！可惡！我的身體接收到女體的柔軟觸感，快一發不可收拾了！

「不、不行！再、再怎麼說這樣也不太好！」

儘管我如此抵抗，社長卻不肯退讓！

「沒關係啦，用不著害羞。一誠的裸體我看多了，事到如今這不算什麼了吧？」

不算什麼嗎！或許是這樣沒錯，但再怎麼樣前面我也會自己洗啦！

應該說，這間浴室裡面還有另外一個人耶！一個從剛才開始就泡在浴缸裡觀察這邊的狀況的女生！

「話、話不是這麼說的吧！更何況愛西亞也在！」

沒錯，浴缸裡的是愛西亞，她滿臉通紅地觀察著我們的狀況！

「哈嗚嗚！一誠先生和社長……赤身裸體地互相洗來洗去……！」

她整個人都在浴缸裡，只有頭探了出來，在臉紅心跳之餘仍表現出非常感興趣的樣子！愛西亞居然對色色的事情那麼興致勃勃！這對在教會長大的愛西亞而言或許太過刺激了吧！

看向愛西亞那邊以後，社長立刻停手，嘆了口氣。

「說得也是。我和下屬進行親密接觸的方式對愛西亞來說或許還太刺激了。」

看來社長好像願意放棄了。不過這種強烈的後悔感是怎麼回事？難道我應該讓她幫我洗前面嗎！可、可是，在愛西亞面前做出那種事情……！可惡！如果我更有骨氣一點，一定還可以體驗到更生猛的事情……！

在留下強烈的後悔感之餘，我把剩下的部分也洗乾淨，然後用蓮蓬頭沖掉肥皂泡泡。

在我洗好身體後——社長忽然抓住我的手。

「話說回來，再不幫你抽取龍之力的話，你的左臂又會變成龍的手臂了吧。」

啊，已經到了那種時候了嗎？沒錯，正如社長所說，我為了從萊薩手中搶回社長而將左臂支付給赤龍帝德萊格，得到了龐大的力量。結果我的左臂就變成了龍的手臂。

現在多虧有社長和朱乃學姊才能變回正常的手臂，但必須定期將累積在手臂上的龍之力抽取出來，否則會再次變成那種長滿紅色鱗片的狀態。

「都是為了我才會變成這樣……」

抓著我的左臂，社長以哀傷的表情如此低語。

……社長不需要露出那種表情。我一面搖頭一面說：

「我不是說過我一點也不後悔嗎？社長完全不需要放在心上。」

「一誠……」

社長濕著眼眶，抓著我左臂的手也更用力了。沒錯，社長都像這樣回來了。再也沒有比這個更令我感到幸福的事了。這完全具備讓我付出一條手臂的價值。

——這時，突然有人猛然拉開浴室的門。出現在門外的——

「哎呀哎呀，兩位打得正火熱，我是不是打擾到你們啦。」

是一絲不掛的朱乃學姊！豐滿的胸部撞進我的視野！

朱、朱乃學姊的裸胸！果然很大！和社長同級！不，或許還要更大！

朱乃學姊的登場讓社長為之驚訝。

「朱乃！妳怎麼會在這裡？」

朱乃學姊微笑著回答。

「呵呵呵，因為我想說差不多到了該幫一誠從手臂抽取龍之力的時候。而且我們才剛工作完，所以我想他應該在洗澡。」

說著，朱乃學姊用臉盆舀了浴缸裡的熱水沖在自己身上，接著轉過頭來把我的手從社長手上搶走。

「好了，來抽取龍之力吧。」

朱乃學姊微微張開嘴——接著含住我的左手食指！然後就用力吸吮了起來！

抽取龍之力的方法就是由魔力高強的惡魔直接吸出來！在變成那種龍的手臂後，社長和朱乃學姊就像這樣幫我抽取龍之力！

……嗚——！朱乃學姊的嘴巴裡面溫暖又濕潤，同時又很柔軟！尤其是她的舌頭，她嘴裡的撩人是那麼的濕滑！偶爾還會舔過我的指腹，更是讓我難以自拔！

話說，朱乃學姊的全裸就呈現在我的前方！胸部、大腿！我的鼻血都快噴個沒完了！只能盯著看了！別開眼睛不看這幅光景的話肯定會遭天譴！

腦內存檔腦內存檔！今晚我的腦海肯定是盛況空前！

「呵呵呵，瞧你一臉舒服的樣子。我再多幫你吸兩下。」

朱乃學姊加強了吸吮手指的力道！是虐！朱乃學姊展現出嗜虐的一面，開始欣賞我的反應作樂了！

我的腦袋都快要完全恍惚了！這時社長再次搶回我的手。手指離開朱乃學姊的嘴巴時唾液還牽出絲來，煽情極了！

「今天應該是輪到我才對！」

社長看似不悅地挑起一側眉毛，如此宣言。上次的確是朱乃學姊沒錯，所以照順序這次應該是輪到社長才對……

然後，這次換社長吸起我的手指！

「滋──」

嗚哇！社長嘴裡的觸感也非常誘人！

「呵呵呵，社長真是的。不過，我也不會輸給社長喔。」

說著，朱乃學姊又把我的左手從社長手裡搶過去放進嘴裡──

「等一下，朱乃！」

接著又是社長出手！就像這樣，社長和朱乃學姊在浴室裡輪流把我的手搶過去吸，你爭我奪了起來！龍之力已經完全被吸出去，論狀態也已經減輕許多了，兩人的爭奪戰卻一發不可收拾，甚至越演越烈！

我、我的手一下跑去這邊一下跑去那邊……！舒服歸舒服，我反而卻開始累了！

「哈嗚嗚！總覺得這樣未免太色了！」

看著這幅光景，浴缸裡的愛西亞心驚膽顫地觀望著我們……

這時，朱乃學姊突然問了！

「愛西亞要不要也試試看？」

咦咦咦咦咦咦咦！叫愛西亞也加入這個戰局嗎！這樣我的手會變成怎樣啊！

「只可惜小貓不在這裡。」

朱乃學姊不經意地這麼說……

我的腦中浮現出泡在浴缸裡的小貓「哈啾」一聲可愛地打了噴嚏的景象……不過，要是她在的話，我可能會被揍飛就是了。

「那麼，就由我來教愛西亞吧。」

「不，這個交給我來。」

「夠了！朱乃！剛才也是，妳可以不要一直插手嗎！我可是『國王（king）』喔！」

「哎呀哎呀，在這種時候搬出『國王』的特權就證明了妳心胸不夠寬闊喔。」

「唔唔唔唔！」

……不知怎地，社長和朱乃學姊開始鬥嘴了。愛西亞也不曉得該幫哪一邊才好，在浴缸裡表示「兩、兩位請冷靜！」安撫著兩位。

總覺得這個發展相當不好。感覺我一定會被捲入兩位的吵架中，演變成很不得了的狀況。雖然這場面煽情又猥褻，可是感覺到自己有危險的我決定以不被發現的方式離開浴室！

○●○

隔天，我在教室的位子上感受著腦內的恍惚。因為我正在腦中重播昨晚發生在浴室的狀況。但是，我可不想被捲進兩位大姊姊的吵架當中。眷屬最強的兩位要是大打出手，我可撐不住……

實際上，比我晚離開浴室的愛西亞就一副疲憊不堪的樣子……

啊——不過，昨晚真是太刺激了。話說，自從社長來我家後，情色場面也變多了呢……呵呵呵，我真是太幸福了。

「喔！一誠！幹嘛一臉凝重的樣子啊！」

松田在現身的同時拍了我的後腦杓，元濱也跟在他身旁。

「怎樣啦，松田？」

眼睛半睜、揉著頭的我被松田揪住領子！他的表情充滿憤怒。

「你最近經常和莉雅絲學姊一起上學是怎樣！到底是怎麼一回事！應該說，你們連放學的時候也一起走對吧！」

元濱也逼問我。

「沒錯。就算是同樣加入神祕學研究社，上學放學的時候都在一起簡直可疑度爆表。我甚至還聽過你們是挽著手一起回去的傳聞。」

哦，原來是這件事啊。畢竟我們住在一起嘛，上下學的時候走同一個方向也無可奈何。是說，社長在萊薩那件事之後更是對我疼愛有加，程度與日俱增。不只會挽著我的手一起回家，在家裡還會讓我躺大腿或擁抱我！真是身為僕人最大的榮幸了！

「還好啦，畢竟是我的大姊姊嘛。」

我裝模作樣地這麼說，那兩個色狼便用力咬牙切齒，一臉快要流出血淚來的樣子。哼哼！我要就這樣超車到你們前面去！

——這時，松田轉換了心情，像是想起了什麼似的說。

「這麼說來，你有聽說嗎？最近，我們學校的女生有部分族群很多人不是請假就是早退呢。」

……我還是第一次聽說這件事。

「那是什麼狀況？我第一次聽到。」

「聽說最近不斷有學生身體狀況欠佳的情形傳出，而且都是女生。原本以為是什麼流行病，但去醫院好像都被當成是普通的貧血。」

松田如此說明，元濱也接著補充。

「然後，接下來的才是重點。那些表示身體狀況欠佳的女生有個共通點——她們全都是巨乳。」

我不禁驚叫出聲。

「只、只限巨乳女孩？你是說真的嗎？」

元濱點頭回應我的疑問。

「我持有就讀這所學校的所有女生的資料，我說的肯定沒錯。那些全都是身材姣好的女生。」

為什麼只有身材姣好的女生？難道冒出了某種只有巨乳女孩才會罹患的新病嗎？而且只侷限在駒王學園？聽說好像還沒蔓延到其他學校……

——！

昨晚的離群惡魔忽然在我的腦中閃現……特別拘泥胸部的惡魔還有這次身體狀況欠佳的女生都是巨乳的理由……感覺其中應該有某種關聯……！

……

嗯——無論我再怎麼絞盡腦汁還是想不到答案，還是等午休問社長看看好了。

於是來到午休時間。我和愛西亞來到社辦吃午餐……

「來，啊——」

社長拿筷子夾著煎蛋送到我嘴邊。房間裡只有我和社長、愛西亞、朱乃學姊而已。木場和小貓有事要辦外出了。

「啊、啊——」

我也在疑惑之餘張大了嘴，一口吃掉煎蛋。甜味、鮮味、濃淡適中的鹹度在嘴裡散開。嗯，好吃！我正在享用的是社長的手作便當！

「呵呵呵，好吃嗎？」

社長帶著笑容問我。我用力點頭予以肯定！

「是、是的！非常好吃！」

「這樣啊。那就好。」

社長好像也很開心。最近這陣子，社長都為了我早起做便當。我固然是感激不盡，相反地也覺得讓社長做到這種地步真的好嗎？反倒讓我惶恐了起來……不過，我感到光榮又幸福也是真的！哎呀～這真是太棒了！能夠讓我煞到的女人餵我吃東西簡直是美夢成真嘛！

看著我和社長的午餐光景，朱乃學姊露出意味深長的微笑。

「哎呀哎呀，大中午的就打得這麼火熱啊。」

「嗚嗚，我也做了便當來的說……」

愛西亞拿著一個不是她自己的便當盒淚眼汪汪地說！竟有此事！愛西亞也幫我做了便當來嗎！

「當、當然，愛西亞的手作便當我也會吃！」

我從愛西亞手上接過便當，迅速打開便當盒。縱然不及社長，但裡面也是色彩繽紛。有章魚小香腸也有煎蛋，菜色應有盡有。我把飯菜吃進嘴裡……噢，這是！

「嗯！好吃！」

這不是客套話！是真的很好吃！是說，這是……

「這是老媽的味道。是老媽教妳的嗎？」

聽我這麼問，愛西亞在害臊時忸忸怩怩地輕輕說了一聲「是」。

喔喔，太令人開心了！她竟然願意學兵藤家的味道！這樣啊，是老媽教她的啊。我的腦中浮現出興高采烈地教愛西亞怎麼做便當的老媽的模樣。

「太好了。這樣我的練習就值得了。」

愛西亞鬆了口氣。社長見狀輕輕地笑了。

「呵呵呵，愛西亞也很有一套嘛。」

看來愛西亞做便當似乎讓社長感到很欣慰。

「雖然好像會輸，可、可是我不想輸。」

「雖說起步比妳晚，可是我也不會輸。」

說著，愛西亞和社長同時苦笑。什、什麼意思？她們兩個之間有了某種交流嗎？

看著她們的態度正感到狐疑的我忽然看見視野的一角冒出耀眼的光芒。

我看向社辦中央，聯絡用的魔法陣正以光芒繪製出圓形。

確認到這件事的朱乃學姊開了口。

「哎呀，社長。有魔法陣。這是──」

「是啊，似乎是這樣呢。」

社長點點頭，似乎是心裡有底。剎那間，光芒綻開，魔法陣投影出某種影像──是人影；不對，是一個銀髮女僕的立體影像。

『貴安，大小姐。』

如此打招呼的──是葛瑞菲雅！上次見面已經是萊薩那時她照顧我的時候了。葛瑞菲雅透過魔法陣聯絡我們？是不是出了什麼事啊？

對於突如其來的聯絡，社長問道：

「貴安，葛瑞菲雅。有什麼要事對吧？」

『是的。事情是關於昨天晚上，大小姐討伐的離群惡魔。』

──離群惡魔。

昨晚的那個傢伙啊。葛瑞菲雅繼續報告關於那個離群惡魔的事。

「——那麼，那個離群惡魔是研究魔物的鍊金術師嘍？」

聽了說明之後，社長如此詢問葛瑞菲雅。

『是的。原本是他的主人的上級惡魔所提供的證詞——以及他本人的供述都這麼說。』

「那麼問題在於？」

『據說那個離群惡魔在這個城鎮——釋放了一隻合成獸。』

這番報告讓社長和朱乃學姊的表情略顯凝重。合、合成獸？合成獸好像是各種魔物混在一起的生物對吧？以我的知識只能想到這些。

「那隻合成獸有什麼特徵？」

『是的，聽說是冥界的食獸植物與龍族的合成獸。』

「食、食……獸？」

沒聽過的詞彙令我歪頭不解。這時朱乃學姊替我解答。

「在冥界有吃魔獸當養分的巨大植物存在。」

是喔，冥界長著那種聽起來就很危險的東西啊……吃魔物當飼料，應該是相當誇張的妖怪植物吧……？好可怕好可怕。

聽了葛瑞菲雅的說明，社長托著下巴說。

「那隻食獸植物與龍族的合成獸……混了龍族的合成獸未免太棘手了吧。龍族原本就已經是生物中號稱最強的種族了……」

龍是最強的生物——我在萊薩那個時候聽到的說明是說不同於惡魔和天使，龍是力量的結晶。而我體內也寄宿著龍……

『通訊到此為止。如果有什麼其他的情報，我會在得知之際逐一聯絡。』

「好，麻煩妳了。」

『那麼，我先告退了。』

葛瑞菲雅的立體影像只留下這麼一句話，便隨著魔法陣一起消失。

「社長，我們回來了。」

外出的木場——還有小貓回來了。

「……我們回來了。」

看見他們兩個，社長毫不畏懼地問了。

因為木場和小貓的表情也隱約顯得有些凝重。

「辛苦你們了，祐斗、小貓。從你們的表情看來，應該有什麼收穫吧？」

木場點了頭。

「是的，我們找到了。找到了覬覦這間學校的女學生的東西——」

Life.2 神祕學研究社ＶＳ胸部合成獸！

深夜的駒王學園。

聽了木場的報告之後，社長決定等晚上再採取動作。然後到了深夜，我們開始行動。

現在，我們在存在於駒王學園高中部的校地與大學部校地之間的樹林行進。最前面是木場和小貓，我、社長、朱乃學姊、愛西亞則跟在他們後面。

「那麼，社長也在調查那個傳聞嘍？」

我邊走邊問社長。

「是啊。這間學校可是由吉蒙里家負責管理的地方。在學校裡做出脫序行為的人萬死也不足惜。所以我請祐斗和小貓暗中行動去了。」

這樣啊，我從松田他們那裡得到的情報早已傳到社長耳中了啊。而且，社長已經在主動調查了。木場和小貓的調查有了結果，找到了犯人。看來犯人就在這片樹林裡嘍。

木場和小貓不斷前進，最後停下腳步。我們來到樹林中較為空曠的地方。出現在那裡的東西——讓社長見了為之驚愕。

「這是……！」

出現在我們眼前的——是茂密到令人毛骨悚然的巨大植物類物體！外型看起來像是由莖部層層疊疊而成，最上面是碩大的花瓣。無數疑似根部的東西蔓延在地面上！

中心部分發出紅光，正撲通撲通地搏動著。

「植物型魔物？不對，這是——」

我順著社長的視線看過去——發現花瓣中心冒出一個看起來像龍頭的東西！奇怪，那是龍對吧！原則上，我在夢裡見過龍也看過愛西亞的那隻小龍使魔，這都和那個很類似！

「看來——那就是合成獸了。葛瑞菲雅大人說的就是這個了吧。」

朱乃學姊抬頭看著那朵花這麼說。這就是……合成獸！如葛瑞菲雅所說，是植物和龍的合成獸吧。唔哇——與其說令人毛骨悚然，那根本就是怪物了吧。大小大概有六七公尺吧？果然很大！

「——！快躲起來，有人來了。」

社長如此催促我們，於是我們躲到了大樹後面去。

我在樹後面看向合成獸的所在之處——發現有個人影在陰影中搖搖晃晃地靠近過去——是女生。很年輕。從外表看來大概是高中生左右的年紀吧。

「……那位是駒王學園的學生。我看過她。」

朱乃學姊這麼說。真的假的。是本校的學生！

那個女學生靠近植物合成獸之後——便停下腳步。隨後，合成獸輕輕動了起來，朝女學生伸出一根觸手！

觸手包裹住女學生的全身——撲通撲通地搏動了起來！那副光景簡直像是在從女學生身上吸取什麼東西似的——

過了幾分鐘，觸手放開了女學生。儘管女學生和剛才相比顯得疲憊不堪，不過似乎沒有生命危險。

女學生就這麼搖搖晃晃地離開了現場。觀察著這一切的社長輕聲說道：

「原來如此，牠就是像那樣對盯上的女學生施展術法，每天晚上誘使她們過來這裡。然後吸取她們的精氣作為養分。」

真的假的！那隻合成獸辦得到這種事情嗎！

在驚訝的我身旁，社長顯得心有不甘。

「……居然在這所學校長到這麼大還沒讓我們發現……我們未免也太粗心大意了吧。」

「……不，事情不見得是這樣。這隻合成獸能自然發動消除氣息的術式——屬於幻術之流，看來是在製造的時候就先賦予了這種能力。」

聽朱乃學姊這麼說，社長嘆了口氣。

「看來，那個離群惡魔鍊金術師運用合成獸的手腕相當高超啊。無論如何，被我們發現了就是牠氣數已盡。我們要在這裡消滅掉牠。」

聽了社長這番話，眷屬們都點頭以對。我也用力嚥了一口口水，下定決心之後點了頭！同時變出手甲！好！意思就是戰鬥開始了！

我們採取攻擊態勢，就這麼衝向合成獸前面。

——合成獸隨即產生了變化，牠抬起龍頭，以充滿凶光的眼睛看向我們！殺氣騰騰啊！無數的觸手也動了起來！

「哎呀哎呀，看來是感覺到我們的氣焰充滿攻擊性，防衛本能啟動了呢。」

手上有電流亂竄的朱乃學姊笑道。小貓則是握起雙拳互敲，激發自己的鬥志。

「……正好。我要揍飛牠！」

「是啊。威脅校園和平的東西都該打倒。」

木場在手上製造出魔劍。我也向前伸出手甲，對著合成獸怒吼！

「很好！放馬過來吧，植物合成獸！」

「喔喔喔喔喔喔喔喔喔！」

聽見我的怒吼，合成獸發出刺耳的叫聲！

這成了戰鬥開始的信號！木場和小貓衝了過去，對著觸手一個砍、一個扯！接著朱乃學

姊的雷擊和社長的毀滅攻擊也落在敵人身上！

『Boost!』

我也一邊累積手甲的倍增能力，一邊處理敵人的觸手攻擊！我們的攻擊足以輕易破壞合成獸的觸手！但觸手的數量實在太多，再怎麼破壞也會接二連三地出現，攻向我們！敵人還會將觸手交疊再揮出攻擊，或是當作擋箭牌，攻守兩方面都相當靈活！這傢伙其實還挺聰明的嘛！

「唔！再怎麼砍也砍不完！牠的再生能力更勝於我們的攻擊！」

木場如此咒罵！沒錯，無論我們怎麼砍怎麼扯怎麼燒，觸手都會瞬間再生，像是什麼都沒發生過似的再次開始攻擊！這樣根本沒完沒了！

『Explosion!!』

「倍增完成！看我的神龍彈！」

完成倍增的我轟出神龍彈——不過牠靈活地挪動巨大的身軀，以些微的差距閃過！居然連這種事都辦得到！

「都怪牠擁有龍族基因，對於各種屬性的抗性也都是理所當然地高呢！」

發出火、冰、雷等各種屬性魔力的朱乃學姊的笑容當中也多了幾分嚴峻。

「……對於打擊的防禦力也相當高。我沒有任何手感。」

觸手交疊之後的牢靠程度令打出特大號拳頭的小貓也不禁皺眉。

社長的毀滅魔力也是，雖然在接觸到觸手之後瞬間就能讓目標化為虛無，但是再生能力卻更勝一籌！

「以尋常的合成獸來說牠也太強了！看來人類世界的空氣和土壤，還有這間學校的學生的精氣太過適合牠了！我覺得牠發揮出來的能力在原本的規格之上！」

社長也不禁咂舌！——這時，那隻合成獸的觸手捲住了社長的身體！不只社長，觸手更纏上了朱乃學姊、愛西亞、小貓！

「觸、觸手！」

「哎呀哎呀，真是好色的觸手呢。」

女生們被舉到空中！社長和朱乃學姊都試圖拉開觸手，然而觸手似乎分泌出濕濕滑滑的東西，讓她們的手滑到無法施力！

——！非常不得了的光景映入了我的視野！

「咻嘩……」隨著某種融化的聲響，女生們的制服逐漸崩解！

「這種觸手……看來覆蓋在表面上的黏液會融解衣物！」

朱乃學姊的乳房！大腿！逐漸暴露出來了——————！

「……濕濕黏黏的好噁心。」

「哈嗚嗚，又濕又滑又黏的……連衣服都融掉了！」

小貓忿忿地伸手拍打觸手，露出一臉的厭惡！愛西亞則是快要哭出來了！小貓和愛西亞的衣服也都不由分說地逐漸融化！

「……而且還有讓人無法順利凝聚魔力的功效……我無法順利發動毀滅魔力。」

社長的氣焰變得不穩定！她的制服當然也逐漸融化，豐滿的胸部都彈出來見人了！

「我也無法製造出雷擊。」

「……濕濕黏黏成這樣即使想扯斷也無法集中力道……」

朱乃學姊和小貓也無法施展力量。那些觸手會分泌讓人無法凝聚魔力的東西嗎！再這樣下去女生們全都會變成全裸！……那、那簡直棒呆了！

「一誠！別顧著看，你也趕快戰鬥！」

社長對著目不轉睛的我大喊！說得也是！

「是、是的！」

就在我再次積蓄力量，準備發射神龍彈之際，抓住愛西亞和小貓的觸手放開了她們。

……牠改邪歸正了嗎？不對，社長和朱乃學姊還是被抓著沒放！

「……為什麼只放了愛西亞和小貓？……啊嗯！」

社長發出煽情的叫聲！仔細一看，有新的觸手朝社長和朱乃學姊伸去——新觸手的尖端長得像吸盤一樣，還緊緊吸住了社長和朱乃學姊的乳房！原來是因為這樣嗎！

「撲通、撲通……」

長了吸盤的觸手不斷搏動，開始從社長和朱乃學姊的乳房吸取某種東西！

「這、這是……！啊嗚！……只、只鎖定胸部攻擊個沒完！看來是從這裡吸取精氣是嗎……啊嗯！」

朱乃學姊在吸盤觸手的吸取攻擊之下淪陷，發出激情的喘息！

「好、好下流的動作……呀啊……！」

社長面對吸盤觸手的攻勢似乎也快招架不住了！

這種攻擊真是太美妙……不對！太下流……不對不對！太驚世駭俗了吧！居然吸在女性的乳房上面，從那裡吸取精氣！

我也想吸住社長和朱乃學姊的乳房、吸取精氣啊！可惡，該死的合成獸————！我對合成獸燃起熊熊的嫉妒烈焰！——這時，木場像是想通了什麼似的喊道。

「這麼說來，之前的傳聞指出，表示身體狀況欠佳的都是身材姣好、胸部大的女生！如果原因是這隻合成獸，換句話說就表示！」

這、這樣啊！原來是這麼一回事！我也串起了一切！這個傢伙，這隻合成獸的真面目就是——！

「牠是專挑巨乳下手的合成獸！而且會從乳房吸取精氣！」

——！就在想通這點的時候，一個小型魔法陣的光芒映入我的視野。光芒繪製出圓形，葛瑞菲雅的立體影像從中現身！這是通訊用的魔法陣！

這究竟是怎麼一回事！我和眷屬們狐疑地觀望！葛瑞菲雅的影像開了口。

『大小姐，有新情報了。』

「妳挑這種時候是什麼意思啊，葛瑞菲雅！啊啊！」

『身為上級惡魔淑女，無論在任何時候都不該發出猥褻的叫聲。』

葛瑞菲雅說得十分淡定，相對地，社長則是忍辱負重地吶喊。

「別說那麼多了，快點報告妳所謂的新情報！呀啊！」

『是的。關於那位離群惡魔，似乎終於說出合成獸的底細了。據說他製造出來的是從大胸部女性身上吸取精氣的合成獸。』

「這個我已經知道了！因為我現在正身受其害！啊嗚！」

葛瑞菲雅轉頭看見合成獸，在略顯驚訝之餘仍繼續說了下去。

『關於這隻合成獸，牠似乎被賦予了令人費解的能力。根據情報，吃了牠以吸來的精氣為養分結出來的果實後，無論是胸部再怎麼小的女性都會即刻變成豐滿的尺寸。據離群惡魔表示，「貧乳是罪。貧乳是殘酷的。正因為如此，我要讓世界充滿巨乳！如此一來女人的心靈也將更為充實，男人也能夠懷抱夢想振翅高飛！」似乎是這麼回事。』

——！

我……聽了這個情報以後，腦袋瞬間一片空白，但在下一個瞬間——淚水奪眶而出！

……真是……真是……！好個遠大的夢想啊……！聽見離群惡魔的野心，我打從心底受到感動！這樣啊！原來還有這種夢想啊！為了拯救因胸部尺寸而煩惱的女性所製造出來的終極合成獸！居然有人實現了如此美妙的野心！

我忍不住在內心對那個離群惡魔懷起尊敬之意！所以那個惡魔才會盯著社長的乳房看，跟隨他的昆蟲也才會專瞄胸部嗎！正因為對胸部那麼執著才會有那種行動理念！不惜背叛主人也要實現夢想！害我都有點佩服了！

「啪嘰啪嘰……！」某種物體激烈變形的響亮聲響從我身後傳來。我轉過頭去——看見的是將樹木連根拔起的小貓臉上充滿憤怒的表情，身上爆發出怒火般的氣焰！

「……貧乳是懲罰……？……貧乳是殘酷的……？不可原諒！我要毀了牠！」

「呼————！」小貓橫向揮舞樹木，將合成獸的觸手掃開！好可怕！離群惡魔的發言讓小貓大小姐生氣了！

「哈嗚嗚，反、反正，我就是沒有社長和朱乃學姊那樣的胸部！」

愛西亞也淚眼汪汪，隱約看得出心有不甘！不不不，愛西亞接下來還會再長大啦！

「一誠同學！社長她們交給我，你能幫忙攻擊本體嗎？」

木場一面以魔劍砍下觸手，這麼說道。

不不不，先慢著！等一下啊，型男！

我站到合成獸前面護著牠說！

「大家放過這個傢伙吧！我覺得……這傢伙是實現所有男人的夢想的優秀合成獸啊！」

聽見我聲淚俱下地拚命為牠辯護，社長暴怒！

「你在說什麼啊，一誠！真是的！居然在這種時候打開好色開關，真是太不像話了！」

「哎呀哎呀，這下傷腦筋了。」

朱乃學姊也邊苦笑邊這麼說！

儘管合成獸不斷用觸手拍打我的頭，我還是護著牠說！

「有這傢伙在的話，就能解決女生為貧乳而煩惱的問題了！然後，正如離群惡魔所說，看了她們的胸部的男生也會奮起！至少我就會奮起！沒錯，無論多少次我都會為了乳房而奮起！」

「……別說這麼多了，快讓開。那隻合成獸是我的仇敵！」

小貓作勢要把一棵大樹往我這邊丟！她的表情非常駭人，震撼力十足！好可怕！但是，我不會退讓！

快看，合成獸身上長出從胸部吸取的精氣所結成的果實了！吃了那個之後小貓也能即刻變成巨乳喔！

如此這般之下，木場以魔劍切除觸手，釋放了社長和朱乃學姊。

脫困的社長嘆了口氣，指著自己的胸部和朱乃學姊的胸部，說：

「你打倒那隻合成獸的話，我和朱乃的胸部就任你擺布一整晚。」

——！社長的話語瞬間竄過我的全身！下一個瞬間，我已轉頭面對合成獸，指著牠大聲宣告！

「我接下來就要毀了你！覺悟吧！」

沒錯！我怎麼能抵抗眼前的胸部呢！比起摸不到的胸部，摸得到的胸部重要多了！我要殲滅這隻合成獸，就是這樣！

「一誠！把你的轉讓力量借給我！」

聽見社長的吶喊，我提昇神器(sacred gear)的力量！

「交給我吧！」

『Boost!!』

在所有人閃躲著合成獸的觸手攻擊及強酸性的胃液攻擊時，我不斷提升赤龍帝手甲(boosted gear)的力量！然後——

「社長！這股力量就交給妳了！」

『Transfer!!』

從手甲產生的龐大紅色氣焰流向社長！剎那間，社長的氣焰大幅膨脹，身上的魔力波動變得極為強大！

「這隻合成獸的能力確實是能夠排解部分女性的煩惱也說不定。可是，這卻是建立在有人被吸取精氣的犧牲上。」

社長這番話讓小貓用力點頭，

「正因為如此，我要消滅你！」

社長向前伸出手——對著合成獸發出極大的毀滅魔力！

「嘎喔哇——————……」

合成獸發出臨死的尖叫，在毀滅魔力之下逐漸消失——

解決了一切，所有人都在準備撤退時，我對社長和朱乃學姊說了！

「社長！朱乃學姊！剛才說好了，請把兩位的乳房借我一個晚上！」

我一邊以猥褻的動作抓動手指，一邊打量著她們兩位的胸部！該挑哪一邊呢，是這邊的胸部比較甜呢，還是那邊的胸部比較甜呢？

「啪。」社長輕輕拍了一下我的頭。她俏皮地吐出舌頭對我說。

「不可以——誰教你不聽話，暫時不給你。」

——！怎、怎麼可以這樣！

正當我大受打擊時，小貓又補了我一拳！

「……居然袒護那隻合成獸，一誠學長果然是特大級的色狼。真是爛到極點了。」

小貓把我輕輕舉了起來，然後重重放了下去——

我被種進開在地上的一個大洞裡面！

小貓迅速把土填了回來——於是我就變成只有頭在地表上的狀態了！這是怎樣！怎麼回事！

社長蹲了下來，撫摸我的臉頰並露出了苦笑。

「你在這裡反省一個晚上吧。」

只留下這麼一句話，社長便打算和大家一起離開這裡了！

「對不起，一誠先生。因為社長說一誠先生必須反省一下才行……」

「……別說這麼多了，我們走吧，愛西亞學姊。」

「哈哈哈，抱歉了，一誠同學。我先回家了。」

「呵呵呵，下次有機會再給你摸胸部嘍，一誠。」

一臉擔心的愛西亞和面無表情的小貓以及苦笑的木場和微笑的朱乃學姊也都只留下這些話語就走人了！

「嗚哇——！等一下啊，各位！對不起，社長！我不會再這樣了——！」

見大家當真要閃人，我聲淚俱下地大聲反省！

Extra Life. 聖劍的序曲

——歐洲某國。

我——紫藤伊莉娜和潔諾薇亞在這天晚上接獲來自教會總部的命令，內容是「討伐離群惡魔」。

自從幾年前受命成為教會（新教方面）的戰士後，我一直奉上帝之名，持續討伐惡靈、吸血鬼、惡魔等等。

被召集到好久沒去的教會戰士聚集的根據地——梵蒂岡是短短幾天前的事情。我在那裡和隸屬於天主教的女戰士潔諾薇亞重逢。

「嗨，伊莉娜。我們又要搭擋了呢。」

「是啊，這已經算是孽緣了吧。」

我和潔諾薇亞是在幾年前認識的，雖然宗派不同，卻是志同道合的戰士。在彼此認識之前，我就已經聽過她的傳聞了。

——「破壞狂」、「上帝允許的暴舉」、「斬擊公主」。

她的外號之多，而且每個都表達了潔諾薇亞的戰鬥風格。在認識她以前，我擅自把她想像成外表粗獷的女性，實際見面才發現是個可愛女生，我還記得自己在那時候覺得期待落空了呢。

的確，她的戰鬥方式有著引人側目的強硬之處，說得不好聽的話就是在任何戰況之下都難免變成靠蠻力硬拚。大概是為了抑制這一點才安排我當她的搭檔吧。不過，她也不是那麼難以掌控——

「伊易阿，各個按糕很好瞌喔。」

看著沒工作時她把滿滿一盤的蛋糕塞得滿嘴都是的模樣，讓我強烈體會到她是個與我年紀相仿也同樣是女生的人。只是有點愛硬來而已，只要我叮嚀她，她也會乖乖聽話……雖然偶爾也會不當一回事。

交情越來越好的我們以同為王者之劍持有者的身分對彼此發誓，要為了上帝而戰。

「既然有兩把王者之劍，這次的對手應該也能輕鬆打倒吧。」

潔諾薇亞淡然地這麼說。

我這次接到的緊急命令「討伐離群惡魔」也是和她搭檔，我們來到了某國的港口。

命令之所以發給我們也是「順便」。事實上，我們事前就因為其他的任務而來到這個國家，在完成工作後又接到新的任務。換句話說，是因為我們正好在「離群惡魔」出現的地方附近，才命令我們「順便」去打倒他。

由於是來自上級的指示，以我們的立場也無從抱怨，只是我很想趕快沖個澡，所以不小心稍微嘆了口氣。

「……我原本想趕快沖個澡的說。受不了，司祭大人他們太會使喚人了。」

潔諾薇亞就這麼不以為意地說出我不敢說的事，讓我不禁覺得有那麼一點點羨慕她。

來到指定的港口，我們才剛踏足一步便感覺到特有的氣，於是消除了自己的氣息。我親身感覺到魔力——惡魔所使用的力量波動。

惡魔擁有的魔力多半都會對我們的第六感造成刺激性的不悅。該說是被肉眼看不見的恐懼感籠罩住全身嗎？總之就是有種危險的氣息會讓人產生不安的感覺。

尤其是心中懷有邪惡情感的惡魔的魔力，更是令我整個人都莫名地毛骨悚然。

躲進位於港口的工廠的陰暗處，我們謹慎地朝著魔力氣焰最為濃烈的地點前進。

「……看來不是上級的。」

潔諾薇亞如此呢喃。

我的感覺也是這樣。這不是上級惡魔的魔力。在惡魔中，上級惡魔也是格外棘手而危險的一種。尤其是魔力波動強烈到異常的程度，不成氣候的戰士根本無法對抗他們。

會躲在這種港口的工廠裡面的惡魔應該不會是什麼家世顯赫的上級惡魔，不過爬到上級地位、由人類轉生而成的惡魔躲在這裡的可能性也不是沒有。比起對於身為惡魔的生活哲學有所堅持的前七十二柱上級惡魔，原本是人類的轉生上級惡魔對於利用人類世界的事物不會卻步。

不過，我試著刺探了一下這次的魔力的質性，都沒有前七十二柱或是轉生者這兩種上級水準的強大，大概是中級或下級吧。老實說，如果要對付的是上級惡魔，就必須集合多名教會戰士來處理才行。對我們而言，上級惡魔就是這麼危險的敵人。

但我們也不能掉以輕心。因為他們透過「惡魔棋子(evil piece)」得到了特性，變成了與還是人類的時候完全無法比擬的非人者。如果連神器都有，任務的難度更是會提升好幾級。

前方的工廠的瘴氣濃烈到從入口洩漏出來了。我們躲在陰暗處，以夜視鏡大致觀察過周遭的狀況後，原地開始進行最終確認。

討論過兩三項關於攻堅的事宜後，潔諾薇亞忽然說了。

「這次是怎樣的惡魔啊？根據瀰漫在附近的魔力質性來看，應該是下級或中級的吧。」

「聽說具體身分不明，好像每天晚上都會把鎮上的女人叫到這裡來參加某種儀式的樣子。」

「……應該不是惡魔教徒(satanist)，或者魔女集會之類的吧。」

「嗯，應該不是。」

如果是的話，負責的教會機構應該早就行動了才對。至少以目前而言教會不認為是魔女集會。那個惡魔恐怕是對鎮上的女人施展了催眠術，引領她們來到這裡吧。

潔諾薇亞又確認了另外一件事。

「根據我接到的消息好像還有另外一隻，那隻我們不用管嗎？」

沒錯，正如潔諾薇亞所言，這附近好像有兩個「離群惡魔」的反應。我們負責的是其中靠近港口的這一個。

「聽說那邊有杜利歐・傑蘇阿爾多先生負責。」

聽我這麼說，她便佩服地點了頭，然後在胸口劃了十字。

「對手是教會最強的戰士啊。那個惡魔真不走運。」

前往另一處的是和我們一樣碰巧造訪此地的教會最強戰士——杜利歐・傑蘇阿爾多。我和潔諾薇亞還沒正式見過他，聽說姑且不論個性，他的功夫確實了得，即使回顧梵蒂岡的歷史，他也是號稱出類拔萃的戰士。

畢竟，他可是強到足以受命單獨討伐上級惡魔。無論是多麼身經百戰的勇士還是極為強大的戰士，只要是面對上級惡魔都得組隊或搭檔才會被送上陣，他卻能夠隻身擔當重任。

……據說，他也是唯一能夠以戰士的處境獲准與諸位天使會面（還有謠傳指出熾天使(Seraph)大

人會直接下達命令給他）的人，以各種層面而言他都和我們住在不同的世界。

——好了，這種事現在先放一邊去，目前要以「討伐離群惡魔」為重。我轉換思緒，對潔諾薇亞說：

「依照往常，我一邊對工廠張設結界一邊繞到後門去，潔諾薇亞過一陣子再從正面攻進去吧。」

雖然簡單，對我們而言卻是打起來很順手的戰鬥套路。我堵住逃走路徑，潔諾薇亞正面攻堅。之後我也趕到，將敵人一網打盡。我們一直以來靠這套成功執行了好幾次任務。

——好，工作的時間到了！

正當我提起氣勢，準備行動的時候。

「——別忙了，我主動來找妳們了。」

——！第三人的危險嗓音從我們的上空傳來。

我們抬頭一看——看見的是一隻外型怪異的巨大生物飛在空中。大型蝴蝶……不，是一隻身上的翅膀令人聯想到蛾的魔物。但頭部和龍極為相似。

……看來是合成獸吧。恐怕是蛾型魔物與龍族混合而成。我第一次見到這種類型。和神祇或是近似於神的存在製造出來的古代合成獸屬的感覺不太一樣。

那隻擁有巨大身軀的合成獸背上有個人影。仔細一看，那是個身穿醫生和研究人員會穿的白袍的年輕男人……一看就知道是人類轉生而成的惡魔。

既然使喚我們沒見過的合成獸，表示他相當有可能是研究魔物的鍊金術師。

我和潔諾薇亞當場脫掉穿在最外面的白長袍，拿出各自的兵刃。我解開纏在左臂上的線狀物，變成日本刀。

——這是擬態的聖劍（excalibur mimic）。隨著持有者的想法能變形為任何樣貌。

我在以戰士的身分通過一定的基準之後，接受了來自上天的祝福及使用聖劍王者之劍的儀式。我的身體接受了名為「因子」的東西。

藉此，我得以使用聖劍王者之劍其中之一的這把劍。在經過千挑萬選的聖劍士當中也只有身體能夠適應「因子」的人，才有資格榮獲聖劍王者之劍的恩惠。

在獲賜這把聖劍時，我打從心底感到欣喜與榮幸。因為我成功像父親那樣以教會的聖劍士之姿成為了上帝的劍。

「乖乖接受我的劍的制裁吧。」

以低沉的嗓音這麼說的同時，潔諾薇亞拉開布條，舉起自己的聖劍。

她的聖劍是掌管破壞的「破壞的聖劍（excalibur destruction）」。而且，她不是我這種以人工方式得到資格的使用者，而是天生符合王者之劍使用資格的人。不只王者之劍，她更是操使各種聖劍的專家。可說是上天選中的聖人。

發現我們持有聖劍後，合成獸背上的男人臉色大變。似笑非笑的嘲諷臉色消失，變成了畏懼的表情。對惡魔而言，聖劍是會讓他們必死無疑的東西。光是看見，光是感覺到氣焰，就讓他聯想到自己的死了吧。

「那、那是聖劍嗎！唔……妳們這些教會的走狗！竟敢妨礙我崇高的研究……！」

那個男人口出怨恨之言後對合成獸做出指示。龍與蛾混合而成的合成獸在發出格外刺耳的叫聲後，以驚人的速度在空中到處亂竄。

……比我預想的還要快。這下很難出手了。

我和潔諾薇亞憑著肉眼和氣息追著合成獸的動向，正打算在抓準時機時施展攻擊——

「接招！」

那個男人卻從合成獸背上釋放出火焰魔力！接著連合成獸本身也憑藉本身的速度衝撞過來加以追擊！

「雕蟲小技！」

我和潔諾薇亞躲過那些攻勢，重整態勢。

「呼哈哈哈！妳們還未成氣候嘛！居然連這隻合成獸的動作都跟不上！」

轉生惡魔如此大喊。不，這種程度的對手我們還應付得來，只是根據經驗，異端分子的鍊金術師所使用的術法多半都很棘手。這隻合成獸也不知道藏了什麼招，不能掉以輕心。

他的視線不經意地飄向我們的身體，看遍我和潔諾薇亞身上每一個部位後突然暴怒。

「那、那是……妳們……胸前那兩塊下流的脂肪是怎麼回事……！」

那個男人指著我和潔諾薇亞的胸部，激動不已。

……咦？咦咦咦咦咦？我、我和潔諾薇亞的、胸、胸部……？他說的兩塊脂肪是這個意思沒錯吧？白長袍底下的這身戰鬥服是以在防禦性能方面相當優秀的素材製成，同時剪裁十分貼身，身體線條會一覽無遺。一開始在穿這個的時候還覺得很丟臉，不過戰鬥中很方便活動，我很快就習慣、接受了這身戰鬥服……

那個男人好像對我和潔諾薇亞的胸部很有意見。這是怎麼回事？

暴怒的男人命令合成獸。

「我可愛的孩子啊！釋出那個吧！將這兩個傢伙的邪惡之物除去吧！」

隨著男人一聲令下，合成獸在上空開始了神祕的拍打翅膀動作，隨即揚起閃閃發亮的粉末狀物體從天而降。

——毒？

我和潔諾薇亞立刻察覺到某種異狀，伸手摀住口鼻。這大概是從合成獸的翅膀上飛散出來的鱗粉吧。吸到的話不曉得會對身體造成什麼影響。

我是很想試著以揮劍的力道掀起風來吹散鱗粉，但要是這些鱗粉順著風飛到鎮上去……

可能會有人受害。胡亂攻擊難免影響到無害的人們。

不過，這也讓我發現了牠的弱點。在散布這種鱗粉的時候，那隻合成獸的行動速度會變得遲緩。當牠再次開始用力撒鱗粉之際，就是一決勝負的關鍵。屆時我就奮力一跳，將牠一刀兩斷好了。我對潔諾薇亞使了個眼色，她的意見好像也一樣，沒多說什麼便點頭以對。

那個男人放聲大笑。

「呼哈哈哈哈！那種鱗粉，具有讓女人吸了之後乳房會縮小的功效！注意了，妳們仔細聽清楚！巨乳是巨大的罪惡，是巨大的障礙物！小巧的乳房才能夠促進這個世界的革命與變革！正因為有巨大的乳房，女性之間才會產生高下之分與悲傷，男性才會被過度的性慾沖昏頭！巨乳是仇敵！小巧而不多於且脂肪量少的胸部才是世界所追求的理想……！」

…………真、真不知道該怎麼評論才好。

他帶著滿腔熱忱吶喊了這麼一長串……也、也就是說，他每天晚上把女人引誘到這裡來也是，就是……為了處理她們胸、胸部太大的問題嗎？

……這、這該說是猥褻呢，還是該說悲哀呢……呃，嗯…………我真心不知道該作何反應。我還是第一次碰上這種人。

倏地，我不經意地想起小時候，在日本和我是青梅竹馬的那個男生。他也非常喜歡女生的胸部。不曉得他過得好不好？

——不對，現在沒空回想這個了。

那個男人高舉拳頭繼續大聲疾呼。

「我在研究上的死對頭和我一樣變成轉生惡魔了！那傢伙打算藉由惡魔的優異技術，昇華自己的邪惡研究！居然想脹大全世界的女人的乳房，簡直不可理喻！既然如此，我就必須製造出什麼東西來否定那傢伙的一切才行！而足以辦到這一點的就是這隻合成獸了……！我沒時間理會妳們這些教會的走狗！妳們就死在這裡吧！」

男人手上亮起魔力的光芒，也準備對合成獸下達指示，然而就在此時。

——這個港口下起了雪。

這麼說來，我從剛才就覺得氣溫逐漸在下降。但居然下起了雪，這根本不可能。現在並不是那種季節！

在我發現到降雪之後，氣溫仍逐漸下降，嘴裡呼出的氣也開始變成白色了。

……發生了什麼事？只有這一帶產生了異常氣象嗎？

——杜利歐．傑蘇阿爾多忽然浮現在我的腦海。這麼說來，我曾聽說過杜利歐．傑蘇阿爾多是能夠控制天氣的戰士。

若那是真的，難道製造出這種異常現象的也是他嗎？如果是這樣，他的實力可就遠在我們之上了。能夠操控天候的話，可說是等同於超自然的存在了。

合成獸的動作開始變得有些遲緩。大概是因為急速變冷，讓牠的身體逐漸變得不太靈活吧。那隻合成獸好像混了對冷熱的耐受力都很強的龍族，但似乎是怕冷的昆蟲的比重較大。

那個男人像察覺到什麼似的看向無關緊要的方向，大驚失色。

「唔……！我派去那個方向的孩子，反應居然消失了……！」

那個方向……大概是杜利歐．傑蘇阿爾多前往的地方吧。從那個男人的口吻研判，那邊似乎已經收拾掉了。

那麼，我們這邊也趕快結束掉吧！

「我要逮住牠了，潔諾薇亞！」

我對搭檔如此吶喊，然後讓聖劍扭曲變形，變成長鞭狀之後甩向合成獸。長鞭狀的聖劍將合成獸連同那個男人一起五花大綁，封鎖住他們的行動。

接著潔諾薇亞縱身一躍，高高舉起劍。

「——結束了。我要奉上帝之名制裁你！」

潔諾薇亞揮出的劍將合成獸完美地一刀兩斷——

「……唔。太遺憾了。」

我們抓住的男性轉生惡魔一邊這麼說，一邊被趕到現場的教會戰士們帶走。我們沒有要他的命。在我們針對發生在城鎮的狀況向那個男人問清楚之前，可不能進行驅魔儀式。

合成獸的屍體也被教會的探員收走了。留在港口的只剩下我們了。

我忽然有點擔心，確認了一下自己的胸部……似乎沒有受到鱗粉的影響。看來是我反應得夠快，所以吸入的量還不至於縮小的樣子。但我還是有點擔心，回總部之後我想接受精密檢查。

畢竟都長到這麼大了，要是縮小了還是會大受打擊。

「任務結束了，是吧。」

潔諾薇亞如此低語。天已經亮了，雪也已經停了。

「呵呵。」

我忍不住笑了出來。

「怎麼了？」

潔諾薇亞一臉狐疑地問我。

「沒事，沒什麼大不了的。」

我是回想起剛才想到的日本青梅竹馬，才不小心笑出聲來。明明在出這麼重要的任務，可是不知為何想起他就會止不住笑。

因為他和剛才那個轉生惡魔正好相反，老是在提大胸部嘛。小男生真是天真無邪又可愛呢。

現在，他一定變成一個充滿活力的健壯男孩了吧。我想再怎麼樣應該也不會做出像剛才的惡魔那樣猥褻的事情才對，他可是我重要的日本朋友呢。

我帶著笑容對我的搭檔說：

「好了，我們回飯店去吧，潔諾薇亞。我想沖個澡。」

「嗯，說得也是，伊莉娜。」

我們有朝一日再會吧，兵藤一誠。可以的話，希望你到時候變得很帥氣！

Life.4 惡魔的工作體驗行程

某天放學後——

回家時間的班會結束後，留在教室的學生只剩下少數幾個。

我和松田、元濱圍著一張桌子，露出一臉色狼樣。

「看好了，諸位！」

元濱打開包包！裡、裡面裝的是——

「太、太強了吧————！這、這不是因為內容過於刺激而立刻被禁止販售的『花瓣騎士粉紅ＶＳ特乳戰隊New Busters』嗎！真的假的，你成功弄到手了喔！」

松田一臉興奮地注視著那片色情光碟。我也嚇了一跳！沒想到能見到幾乎沒有在市場上流通，在愛好者之間以典藏價格交易的稀世珍寶！我也非常想欣賞這部作品！

「哼哼哼，還好啦，只要我出手，無論是多麼稀有的東西都弄得到。」

元濱露出得意洋洋的表情！他大可以得意！大可以驕傲！

「不愧是元濱大師！這下非開放映會不可了吧！」

「沒錯！就是這樣，一誠！下次放假的時候大家來一起看吧！」

我贊成松田的提議！好！這樣就可以好好期待放假了！

「妳看，片瀨。討厭死了，色狼三人組又在聊情色話題聊得那麼熱絡了。」

「我們快點去社團活動吧，村山。和那幾個傢伙呼吸同樣的空氣會弄髒自己。」

兩個劍道社的女生這麼說……不管不管。普通女生哪懂得這片光碟的價值啊。

「嘿嘿嘿，真期待下次放假。」

我拿起光碟盒，不經意地回想起來。自從和社長住在一起後，我就開始遠離這種色色的東西了。

因為社長不時就以「和僕人親密接觸」為由來我房間玩，我根本沒時間能看色情光碟！自從愛西亞住進來以後，我原本就已經對那方面的東西比較收斂了，現在住在一起的女生變多了，我可以休閒的時間更是越來越少了。

我總不能讓愛西亞和社長看到我在看色情光碟的模樣吧！

和心儀的女生一起生活固然是非常美不勝收又光鮮亮麗……但是，這個和那個到頭來還是一碼歸一碼啊……

身為健全的高中男生，看色情光碟是應有的休閒，我想好好享受！

我嘆了一口氣——這時松田和元濱眼睛半睜，盯著我瞧。

「……兵藤氏，你剛才難不成是在腦子裡想莉雅絲學姊吧？」

「……也想到愛西亞美眉了對吧？」

他們還是這麼敏銳！害我忍不住覺得這兩個傢伙的嫉妒能量已經能夠幻視了吧！

「別、別這樣，冷靜一點吧，你們兩個。我連看紳士光碟的時間都沒有了我也有我的苦處啊——」

我還沒把話說完，便察覺到身後的氣息。

我轉過頭去——看見的是愛西亞的身影！愛西亞不知怎地露出一臉凝重的表情……難、難不成，我和這兩個傢伙的對話被她聽見了……？

然而，愛西亞開口說出來的卻是完全不相關的事情。

「……不好意思，一誠先生。我有事想找你商量……」

「身為惡魔該怎麼活下去？」

聽我重複她的問題，愛西亞點了點頭。

愛西亞說有事想找我商量。我和愛西亞離開教室，移動到到舊校舍後面。來到這裡之後，愛西亞針對「惡魔該怎麼活下去」詢問我的意見。

愛西亞帶著認真的表情繼續說下去。

「是的，最近，我對自己身為惡魔的生活方式是否妥當感到不安。」

可是妳問我、我問誰啊……

我也不能說是真正了解「惡魔的生活」的人啊……

而且，惡魔原本應該是待在冥界的對吧？冥界的生活我既沒見過也沒聽過啊……

我邊搔臉頰邊說。

「啊——應該說，我們是在人類世界轉生、人類世界出產的惡魔對吧？除非去找真正出生在冥界的社長問個清楚，否則也無法得知『真正的惡魔生活』吧？」

「說得也是。或許是這樣沒錯。」

愛西亞不禁點頭，不過就算問了社長……

「反正我們是在人類世界活動的惡魔。只要以人類世界的生活為準就不成問題了。」

感覺也只會得到這樣的答案。

「若是這樣的話，我想至少也應該在惡魔的工作方面能夠表現得像個惡魔……但我不禁覺得自己是不是連這一點都沒有確實達成。」

在惡魔的工作上表現得像個惡魔是吧？我……也只是依照大家告訴我的方式懵懵懂懂地處理工作……但是說到工作中表現得夠不夠有惡魔風範確實是個疑問。

「嗯——這樣的話應該是直接看個清楚、問個清楚比較快吧。」

「……這是什麼意思？」

愛西亞歪著頭一臉狐疑，於是我帶著笑容對她說道：

「沒什麼，我們的同伴不也都是惡魔嗎？」

「參觀……是嗎？」

朱乃學姊在端茶給我們的同時如此低語。

我和愛西亞在社辦等待大家到來，在所有人集合之後不經意地試著問了。

——能不能讓我們參觀大家的工作狀況。

「是的，朱乃學姊。我和愛西亞……尤其是愛西亞，對於我們身為惡魔的工作表現是否得當非常在意，在意得不得了。」

愛西亞在我身旁用力點了點頭。

木場端起茶杯喝了一口之後說：

「可是，愛西亞同學的工作回函應該是大受好評才對吧。」

「……評價比一誠學長好上許多，指名率也很高。」

小貓說的沒錯。

愛西亞以不像惡魔應有的清純又呆萌的美少女惡魔之姿，獲得極高的顧客支持率。回頭客也很多。

我一開始還擔心她一個人有沒有辦法做好工作，不過現在已經做得面面俱到，我也放心了。顧客也都不是會要求愛西亞做奇怪的事的類型，愛西亞也樂在其中地回應每次召喚。

然而，即使是這樣的愛西亞，也對於現在的工作表現感到疑問。

——自己的表現有沒有惡魔風範？

每次完成工作，大概都在加深她這樣的想法。這確實很像認真又純真的愛西亞會有的煩惱。

不過，原本是修女現在是惡魔應該算是很特殊的經歷吧。

在辦公桌看著文件的社長開口：

「一誠和愛西亞會有這種疑問我也能夠理解。你們兩個轉生的時日尚淺嘛。既然如此，你們就好好調整工作的時程，才能去參觀朱乃他們的工作。」

「真、真的可以嗎？」

聽我這麼問，社長帶著笑容點頭。

「可以啊，凡事皆學習。你們應該能從朱乃他們的工作表現中學到很多東西吧。但不可以妨礙同伴們的工作喔。也不能給客人添麻煩。懂嗎？」

社長這番話讓朱乃學姊和小貓和木場都露出笑容！這表示所有人都答應嘍！

我和愛西亞互看了一眼後，同時應了聲「是！」。

○●○

「哎呀——？這不是兵藤氏嗎？你今天和小貓一起來啊？」

小貓的常客——森澤先生，看見和小貓一起出現在魔法陣當中的我，對我這麼說道。

「是啊，我今天想來參觀一下小貓的工作表現。我不會妨礙小貓和森澤先生的，請讓我待在房間的角落。」

「沒關係，我偶爾也會麻煩兵藤氏，這倒是無所謂。另外那位愛西亞小姐也是回應我的召喚而來的嗎？」

「不、不是，我也和一誠先生一樣是想來參觀小貓的工作。」

這麼說來，森澤先生也和愛西亞有過交流是吧。因為愛西亞剛開始工作的時候，有一陣子是和輔助她的小貓一起行動。她好像說過那時候被森澤先生召喚過。

森澤先生每次叫小貓出來時，好像都是要搞角色扮演攝影會之類的，今天也是類似的委託嗎……？

總之先拜見一下小貓的工作表現再說。正當我這麼想的時候，森澤先生從收納箱裡拿出某種東西。

「小貓！陪我用不久前剛發售的這個來對決一下好嗎！」

森澤先生用力往前遞出的東西——是電玩遊戲！

啊，這個我也知道！是「超級街頭格鬥家４」！我記得這是格鬥遊戲，而且操作難度很高，是對新手很不友善的超難遊戲！但是卻讓熱愛此道的人欲罷不能，是熱門到可以辦大會的作品，松田還是元濱好像這麼說過！

「別看我這樣，我可是在遊樂場打了相當久的人喔。在我最常去的地方，可是被稱為『顛覆相對強弱的阿森』的知名人物呢……呵呵呵，小貓！來一決勝負吧！」

「……求之不得。」

於是他們便打開遊戲機開始對戰了。

森澤先生用的是大型電玩搖桿式的控制器。至於小貓……用的只是一般的電玩手把……

幾分鐘後——

「……我贏了。」

打贏的是小貓！我對格鬥遊戲不是那麼擅長，但我一個外行人也看得出小貓操作的角色動作有多麼犀利！一百連段可不是隨隨便便看得到的！

至於平常沒在打電動的愛西亞則是連他們兩個在做什麼都看不懂，呈現滿頭問號的狀態，但還是拚命想要參觀小貓的工作表現，一直看著他們的對戰。

之後兩人又對戰了好幾次，然而森澤先生一次都沒能打贏小貓。

「這怎麼可能！我、我有在練的角色居然全部都被完封了！」

森澤先生抱著頭，大受打擊。

「……思考與反射的融合還不夠。」

……原來小貓這麼擅長打電動啊……見識到她出乎意料的一面了。

參觀過小貓的工作表現之後，我和愛西亞接著來參觀木場的工作。

「哎呀，木場。你來了啊，謝謝你。」

和木場一起從魔法陣傳送過來後，在這裡等著我們的是比我們年長的大姊姊！

她身穿看似上班女郎的套裝，是個相當有姿色的美女！不過，全身上下都看得出好像快要累垮的感覺。臉上也顯現疲憊不堪的神色，卻感覺得到誘人的氣息！

木場確認對方是誰之後，揚起微笑接待她。

「美加小姐，好久不見了。工作還順利嗎？」

「還好，託你的福。不好意思，可以麻煩你照老樣子幫我弄嗎……？」

說著，那位大姊姊把上衣脫掉了！這、這該不會是……？老樣子是什麼東西啊！我原本還期待是不是會醞釀出色色的氣氛——

「幫我弄點宵夜好嗎？材料我回來的時候買好了……」

大姊姊指了指放在桌子上的購物袋，然後就倒進房間裡面了！

「妳、妳還好嗎！」

愛西亞跑到大姊姊身邊，對她使用恢復神器！

「不用擔心，沒事的，愛西亞同學。美加小姐目前正在參加重要的專案，所以我想她是工作到瀕臨極限而耗盡體力了。讓她睡一下吧。」

木場一面這麼說，一面借用了掛在廚房旁邊牆壁上的大姊姊的圍裙，然後走進廚房。他從購物袋裡拿出大姊姊買來的食材後，以熟練的手法開始調理！

「美加小姐一旦開始進行大型專案，就很難顧及生活和飲食這些方面，所以會像這樣召喚我過來，拜託我煮宵夜。」

木場這麼說明，並發揮靈活的刀工，以大廚般的手勢舞鍋弄鏟。那幅模樣像極了年輕的受僱型男主廚！

「你、你這個傢伙連做菜都行啊……」

「還好啦。這方面的委託挺多的。我一邊向社長和朱乃學姊學習，一邊以自己的方式烹飪，自然而然就學會不少東西。」

「……連做菜都會的型男簡直無敵嘛。」

我輕聲這麼嘀咕，型男便一邊說「你有說話嗎？」，一邊帶著笑容轉過頭來。

可惡！下得了廚房的型男簡直像幅畫！居然還邊哼歌邊做菜好像很開心似的！……不過，撲鼻而來的飯菜香是很吸引人。

不久後，木場的宵夜完成了！

對疲累的身體沒有負擔的蛋花湯，還有梅子與日式高湯馨香宜人的烏龍麵！

烏龍麵上面放了天婦羅花、芝麻、海苔絲，看起來就很好吃……！

我一直對木場的工作狀況非常好奇！聽說召喚他的大多都是美女，所以我很嫉妒他，也很想知道工作內容，原來他都在做這種工作啊……我原本還一心想像他偶爾也會接到有點色色的委託呢……這種內容確實很像認真的木場會接的工作。

「美加小姐，宵夜煮好了。」

木場溫柔地叫醒大姊姊。她也醒了過來，爬到餐桌前面。

「謝、謝謝木場！我要開動了——！嗯～果然很讚！疲憊的身體都被滋潤了～！」

大姊姊津津有味地吃著宵夜。看她這樣吃，我的肚子也不小心叫了出來。

PiYo
PiYo

嗯——這次參觀對胃真不友善！在我這麼想的時候，木場連我們的宵夜也端了出來。

「這是一誠同學和愛西亞同學的份。我想說這次委託的代價就用兩人份的宵夜食材來抵銷。」

木場眨了眨眼，說出這種帥氣的臺詞！嘖！這傢伙未免將型男之力發揮得太淋漓盡致了吧！工作表現和代價的內容都無懈可擊！

「嗚！我、我開動了——！」

儘管對於型男的工作表現感到挫敗，我還是和愛西亞吃起了宵夜。

……木場親手做的料理好好吃！我不甘心！

我和愛西亞參觀完最好奇的木場的工作之後。

最後——就是我們的「皇后(queen)」，也是副社長的朱乃學姊的工作現場了。

我和愛西亞跟著朱乃學姊來到的地方——是某間企業的總經理辦公室。總經理用的辦公桌，接待客人用的茶几和沙發。牆壁是能夠將外面的景致盡收眼底的玻璃帷幕，而在牆邊看著城市夜景的——是位看起來頗有威嚴的中年男性！

該、該不會是總經理先生吧……

果然，到了朱乃學姊這個層級，會召喚她的也是頂尖企業的總經理啊……

「哎呀哎呀，總經理。今天有什麼要事呢？」

「嗯，朱乃。不好意思，老是麻煩妳——我想這次也要麻煩妳出手了。」

總經理一臉嚴肅地這麼說。

這、這次也要出手……？難、難不成是要請她去暗殺敵對企業的高層之類的，類似這種危險的大型委託吧……？

「呵呵呵，原來是這麼一回事啊。小事一樁。」

朱乃學姊露出淺淺的微笑！那是隱約令人害怕的嗜虐表情！感覺就像某種黑暗的交易成立了一樣！

「愛西亞！我們或許終於能夠見識到真正的惡魔工作了！」

「是、是的！一誠先生，雖然我有些害怕，但、但這也是為了今後的生活，這個我一定要參考看看！」

我和愛西亞懷著緊張的心情觀望兩人的互動，然而——

「啊啊啊啊啊啊！爽啊！太爽了！就、就是那裡，那裡爽翻了————！」

在總經理辦公室裡突然開始的發展——卻是朱乃學姊對著脫掉鞋襪的總經理的腳底動手按摩！

「哎呀哎呀，你好像很累的樣子呢，總經理先生。呵呵呵，今晚我會好好疼愛你的！」

朱乃學姊以手指用力刺激腳底的穴道！不知為何還穿上了巫女服裝！

指壓的力道有點偏重，但總經理確實被朱乃學姊按得表情恍惚！

「啊————！這種指法真是太妙不可言了————！就是這個！就是要這樣按才爽！好痛！但是又好舒爽————！可是好痛！」

總經理先生被朱乃學姊的指法按得狂熱不已！

「呵呵呵，這位總經理先生在工作上的壓力累積到最大的時候就會叫我過來，拜託我幫他按摩。像這樣接受我的腳底按摩，藉此發洩平常的鬱悶。」

朱乃學姊一面加重指壓的力道，一面這麼說明！看著總經理的表情，朱乃學姊露出了嗜虐的神情！

嗚哇啊————！怎麼會這樣！朱乃學姊還一副樂在其中的樣子————！

「啊————啊啊啊！女王大人————！多按幾下、拜託再多按幾下————！嗚咿————喔喔喔！」

「呵呵呵，要幾下我都幫你按！你這個廢柴總經理！要是你這副模樣被員工們看到的話，不知道他們會怎麼想喔！」

「言語攻勢也多來一點吧————！」

朱乃學姊興致大開，總經理也盡情享受腳底按摩到了極限！

……我是不是也該學一下腳底按摩該怎麼按啊？

這次參觀到的景象讓我不禁這麼認為。

—○●○—

「……總覺得惡魔的工作好像有點不可思議，又好像有點普通……？」

愛西亞露出有點困惑的表情這麼說。

參觀過三位的工作狀況後，我們在社辦回想朱乃學姊他們的工作內容。

小貓是陪森澤先生打電動，木場則是幫疲倦的上班女郎提供宵夜。

朱乃學姊甚至是幫某家公司的總經理腳底按摩。

這就是惡魔的工作……？不過，我們的工作也沒什麼兩樣。

「內容和我們的差不了多少呢。陪打電動和煮宵夜，還有按摩。」

「是啊。我也陪委託人打過撲克牌……」

我們更煩惱了。該怎麼說呢，總覺得要是在陰暗的房間裡進行邪惡的交易好像也行，但是到頭來，像我們之前那樣的工作才是現代惡魔的風格嗎？

不，愛西亞的煩惱好像還沒解決，還是試著再多調查一下好了。

「愛西亞，我們還是針對惡魔的生活方式多調查一下好了。這樣吧，請大家讓我們參觀一下平常的生活，還有假日是怎麼過的好了！」

「好、好的！」

如此這般，我和愛西亞決定在假日的時候跟著大家一起行動……

小貓的狀況——

「……我要參加大胃王挑戰，拜託了。」

我原本還想說她假日的時候不曉得都做些什麼，結果是進餐飲店進行大胃王挑戰！當然，她挑戰成功得到了獎金！

接著是木場的狀況——

「假日我都像這樣來圖書館看書，或是去出租店租電影。」

型男在圖書館埋首於神話和歷史的書堆之中……怎麼說呢，這傢伙連私生活都只有認真兩個字都可以形容呢。

最後是朱乃學姊的狀況——

「呵呵呵，假日我都到鎮上逛街。」

這天的計畫是和朱乃學姊一起上街，逛服飾店和小物店。我負責幫忙提東西，朱乃學姊則是和愛西亞享受著女生一起逛街的樂趣。

……大家假日的時候也過得很普通嘛。和人類完全沒兩樣。

愛西亞能在其中得到足以解決煩惱的收獲嗎？

逛完街之後，我們走進咖啡廳稍作歇息。

「呵呵呵，今天謝謝你們陪我逛街，一誠、愛西亞。所以你們想通惡魔的生活是怎麼一回事了嗎？如果我們的工作和生活能讓你們作為參考就好了……」

被問到痛處了……我和愛西亞面面相覷，不知該作何反應。

看見我們的反應，朱乃學姊微微一笑。

「既然是在人類世界生活，雖說是惡魔，生活方式也不會有太大的差別。契約內容也是，跟一誠和愛西亞平常在做的工作幾乎一樣。不過，我想想……莉雅絲——不對，社長的工作或許能夠讓你們作為參考也說不定呢。」

「怎麼說？」

我這麼問。朱乃學姊端起茶杯喝了一口後如此表示。

「社長是上級惡魔，也是我們吉蒙里眷屬的『國王』，如果願望、委託足以召喚到她，表示內容也是相對重大。」

原來如此，想了解惡魔就該參觀我們主人的工作表現是吧。

我們決定隔天針對這件事情請示社長。

「這樣啊，我也猜到你們會來找我問這件事了。」

隔天放學後，我和愛西亞在社辦向社長提了昨天和朱乃學姊說過的事，結果得到這樣的答案。

「我原先就認為，就算看了朱乃他們平常的工作內容還有私生活，也無法解決你們兩個的疑問。這也表示現在的惡魔的生活和工作就是如此和平——不過，其中也有像一誠轉生的時候那樣的召喚內容。」

沒錯。我是被捲入墮天使引發的事件才轉生的……所以只要一直當惡魔，也會遇到那樣的事件。

社長朝我走了過來，伸手撫摸我的臉頰。啊，社長的玉手太棒了！

「好吧。今晚有個久違的、有點大型的工作。當然是找我的。你們就在旁邊參觀吧。」

社長的工作？

「我們可以參觀以社長為主的工作嗎？」

「是啊，當然可以。你和愛西亞都是我可愛的眷屬。身為『國王』，我也得讓你們見識一下何謂惡魔才行。跟我來吧。」

「「是！」」

我和愛西亞同時回話！喔喔！社長的工作！我無法克制不斷湧現的好奇心！

「我們也可以一起去嗎？」

「……我對社長的工作也很有興趣。」

「哎呀哎呀，既然如此就大家一起去好了，可以吧，社長？」

木場、小貓、朱乃學姊也都表示想一起去！

「好啊，那就大家一起去吧。」

如此這般，我和愛西亞還有大家都要去參觀社長的工作了——

—○●○—

吉蒙里眷屬總動員以魔法陣傳送到的地方——是某間博物館。

館內展示了金字塔的模型、謎樣的石碑、古代的裝飾品等物品。

啊，我知道這裡。小學高年級時，我們的體驗學習曾經來過這裡。這裡展示的是亞洲的古代文明方面的東西。

「吉蒙里小姐，好久不見了。上次承蒙您的協助。」

迎接我們的是一位中年男子。外型是斑白的頭髮配上眼鏡，感覺是個相當隨和的人。給人一種知性派的印象。

看見那個男人之後，社長露出微笑。

「貴安，教授。我來實現你所委託的事情。」

聽社長這麼說，那個男人表情一亮。

「那真是感激不盡啊！……對了，其他幾位是？」

男人的視線對準了我們。

「是的，這些孩子是我的眷屬惡魔。我今天想讓他們稍微幫點忙。」

「喔，原來是吉蒙里小姐的眷屬惡魔啊。真是太令人感興趣了。列名於七十二柱中，還出了魔王的名門吉蒙里家的繼任宗主的眷屬……相關的研究人員知道這件事的話肯定會興奮不已。」

那的男人的眼鏡閃了一下，對我們投以好奇的視線……對這種看似考古學研究人員的人而言，惡魔之類的也是研究對象吧……大概也是因為這樣，才會和我們惡魔有所接觸。

社長為我們介紹那個男人。

「各位，這位是西浦教授。教授研究的是世界各地的古代文明。對惡魔也相當了解。」

「針對古代文明抽絲剝繭之中，總會接觸到魔屬生物，也就是惡魔。所以才會像這樣和各位開始交流。」

這樣啊，會開始和惡魔交易也是研究古代文明的延伸啊。這樣說起來是很好聽，前因後果也很合理，但要是被驅魔師知道了，這個人的處境不會變得很艱難嗎？

「所以西浦教授，那個東西呢？」

社長這麼問。

「好的，那麼請跟我來。哎呀——我真的無計可施了。」

我們在教授的帶領之下，往裡面走去。

我們吉蒙里眷屬被帶到博物館的內部來。

這裡是擺滿了看起來很昂貴的儀器的廣大樓層。樓層中央——擺了一口石棺！看起來很昂貴的儀器也接了一堆線到石棺上面。

哦哦，那口石棺看起來就很有裝了重要東西的感覺！裂痕隨處可見。石棺上到處都刻了看似古代象形文字？的東西，我完全看不懂。

社長一看見那口石棺，便瞇起眼睛。

「……這就是教授提到的石棺吧。就像教授的報告，確實有不太好的氣焰從石棺裡面洩漏出來。」

是、是這樣嗎？以我的眼力看不太出來就是了……不過，我的確是在進到這個房間後就感覺到奇怪的惡寒。身旁的愛西亞也說「總覺得有一陣寒意」，一副感覺到討厭的氣息的樣子。

「這口石棺是剛從某個遺跡出土的文物。是相當貴重的歷史遺產，然而……」

教授的表情一沉，繼續說了下去。

「研究這口石棺的學者們都紛紛罹患神祕疾病而病倒，或是碰上令人費解的意外，因而感到害怕，接連放棄研究。或許是因為這樣吧，針對這口石棺的研究遲遲沒有進展。最後輾轉之下就轉手到我這裡來了。」

「……或許是石棺的詛咒。」

小貓這麼說。真的假的！詛咒是怎樣！

「幸運的是，我和惡魔──吉蒙里小姐打過照面，所以才想到在正式開始研究之前先請各位調查一下。倒也不是說凡事該讓專業的來，只是這方面的東西我想還是交給惡魔調查比較確實。」

「你的判斷很正確，教授。這種事交給我們才是比較聰明的做法。」

教授指著石棺的蓋子說：

「請看這個部分。這是象形文字……」

大家都注視著那個部分。

……上面有兩個圓圓的圖形……簡直就像是胸部似的。不對，我在想什麼啊！就連看見象形文字都想在其中尋找色色的事情是怎樣！

「上面是這麼寫的。『能喚醒吾之睡眠者唯有乳房豐滿的美麗魔性女性』——這樣。」

…………

呃、喂！那是怎樣啊————！乳房豐滿的女性！

換句話說，就是巨乳的小姐對吧！

教授用力推了一下眼鏡，直截了當地放話了。

「簡而言之就是這麼回事！我想被大胸部的惡魔美女叫醒！石棺的主人是這麼說的！」

「這口石棺也太差勁了吧！」

我如此吐嘈！可是這本來就很誇張啊！想要美女叫醒自己這個我懂！想要女惡魔叫醒自己算是追求神祕色彩也還好！但是，非得是巨乳惡魔美女才願意醒來這種象形文字未免也太無厘頭了吧！

「順道一提，之前被詛咒的諸位學者全都是不修邊幅的中年男性。大概是看到大叔就詛咒吧。」

「被詛咒是因為那種原因嗎！大叔別想碰那口石棺嗎！」

就在這時。社長的影子因為室內的照明而疊上石棺——

在胸部那的影子和棺蓋上的圓浮雕重疊的瞬間，石棺「轟隆隆隆隆——」地大幅鳴動！

「喔喔！果然，石棺藉由女惡魔開啟了嗎！」

教授興奮不已！

這口石棺被社長的胸部影子打開了！太扯了吧！

棺蓋逐漸敞開，裡面不斷噴出霧氣！在棺蓋完全打開之後，裡面出現了一具密密麻麻地纏滿了繃帶的木乃伊！

頭上戴著很像法老王會戴的王冠！手握詭異的手杖！臉部乾巴巴的，完全就是木乃伊！

但那具木乃伊還躺在石棺裡面，沒有眼珠的眼窩卻發光了！而我不小心和它的目光對上了眼！

就在那個瞬間——

我的身體像是被鬼壓床似的動彈不得，嘴巴擅自動了起來。

『叫醒吾的是誰？』

我的嘴裡發出低沉的男性嗓音！這、這是怎樣！發生什麼事了！身、身體動不了！

「這不是一誠先生的聲音！」

愛西亞大驚失色！是啊，我也嚇了一跳！應該說，我出不了聲！就連一根指頭都動不了！

「難不成，他的身體被咒術師的木乃伊占據了？」

木場說出這種話！真的假的！我的身體被這具混帳木乃伊控制了嗎！

社長站到我的面前。

「叫醒你的是我。貴安，木乃伊先生。看來你清醒了呢。而且居然還讓意識脫離出來，占據了我可愛眷屬的身體——所以，教授，這個人是何方神聖？」

「是的，根據石棺上的象形文字所記載，似乎是古代埃及的勢力圈內也相當知名的咒術師。」

教授如此說明之後，木乃伊透過我的嘴說道：

『沒錯，吾乃烏納斯。身為高貴的神官，乃執行咒術之人。汝等使吾甦醒，對此吾甚是感激。汝等叫醒吾的理由為何？』

「是的，事關考古學——我想研究您那個時代的事情，所以想請您協助。不知是否能請您幫我這個忙？」

教授誠摯地這麼說。

我的身體擅自動了起來，從躺著不動的木乃伊本尊手上拿出手杖，靈活地轉了轉，然後以手杖的前端指著教授。

『很遺憾，辦不到。吾之本尊受到了詛咒。或許是因為這樣，力量無法完全發揮。』

原、原來是這樣啊。不對，別說那麼多了，快把我的身體還來，你這個混帳木乃伊！我在腦中如此大罵，木乃伊還是絲毫沒有反應！

聽木乃伊那麼說，社長表示：

「詛咒……乍看之下，從你的本尊，還有飄散在附近的氣焰看來，你應該是中了惡魔的咒術吧。咒術師被詛咒未免有點丟臉呢。」

『聽妳這麼說真是難堪。身為咒術師，我想更上一層樓，所以才試圖召喚高位惡魔……而成功召喚到的惡魔碰巧是阿加雷斯大公的親戚。對於當時的我而言，那個惡魔實在太過強大，根本沒有交涉的餘地。我觸怒了對方，中了詛咒，才淪落到這個下場。身體和咒術的大部分都遭到封印，只能陷入漫長的睡眠當中。』

大公……是會拜託我們討伐離群惡魔的大人物。

社長瞇起眼睛。

「這樣啊，原來是大公家啊。大公是權威僅次於魔王、大王的世家。觸怒大公家的人當然會受到相應的懲罰。」

『只要沒解開那個詛咒，我就無法協助你們。還有，這個惡魔的身體我也不會還給你們。』

咦咦咦咦咦咦咦咦咦咦咦！真的假的啊！身體也不還給我嗎！你被詛咒和我無關吧！原因是你自己出包吧！把身體還給我！

社長嘆了口氣，接著問：

「教授，解開詛咒對你比較好嗎？」

「是、是啊，如果有辦法的話。」

聽了教授的回答，社長點了點頭。

「我明白了。木乃伊先生……你叫烏納斯對吧，為了實現委託人的心願，也為了要回我的寶貝眷屬，我就幫你解開詛咒吧。」

『感激不盡。那就麻煩妳了。』

木乃伊也一口答應了。

「所以我該怎麼做？」

社長這麼問——而這傢伙竟然看著社長的胸部！這肯定是在對社長的乳房行注目禮吧！

盯著乳房不放的木乃伊透過我的嘴巴說：

『我中了三個詛咒。為了解除那些詛咒——需要惡魔美女的力量。』

聽了木乃伊的詛咒，社長反問：

「有三個？」

『沒錯，有三個。那三個詛咒都要藉由年輕女惡魔的協助一一解除。』

「要用什麼方法解咒？」

聽社長這麼問，木乃伊便挪動我的身體，在石棺裡東摸西摸地翻找了起來——最後從石棺裡拿出了一樣東西！

『誰來穿上這套舞衣跳舞好嗎？這就是第一個詛咒的解咒方法。』

我的身體從石棺裡拿出來的是肚皮舞的舞衣！而且，舞衣的上半身和下半身的布料面積都相當小！

我的身體將那套舞衣——遞給了社長。

『我希望可以由妳穿這個。』

「由、由我……穿這個嗎？」

社長顯得有些困惑！不、不過，這或許是很好康的場面！

『只要妳穿上這個跳舞一定可以解咒！絕對可以！』

木乃伊用力這麼表示！……總覺得，我完全能從他的發言背後感覺到色色的意圖……

「…………」

小貓瞇起眼睛，以懷疑的眼神看著我這邊。看來小貓也感覺到什麼了。

社長嘆了口氣，點了頭。

「我明白了。穿這個跳舞就對了吧。」

於是，第一次解咒開始了。

配合著不知從何傳來的輕快肚皮舞音樂，穿上舞衣的社長不停舞動。

大概是因為布料面積很小吧，每個舞蹈動作都讓人覺得胸部還有屁股之類的部位隨時會掉出來！這、這教人怎麼受得了啊！

儘管是臨陣磨槍，社長的肚皮舞姿還是相當曼妙！不愧是社長！什麼事都辦得到！社長邊跳還邊顯得有些害臊的模樣，雖說有點過意不去，但還真讓我快要興奮起來了……！

『太、太美妙了……』

木乃伊透過我的身體，將視線集中在社長的舞蹈——不對，是搖晃的胸部還有臀部上！

這、這個傢伙，果然是包藏色心吧……！但是，非常感謝你！託你的福我才能盡情欣賞社長的胸部和臀部！

「……太可疑了。」

小貓斜眼看著我這邊！她的洞察力還是那麼敏銳！

社長約莫跳了十五分鐘之後——石棺那邊產生了變化。一個魔法陣出現在石棺上面，隨後逐漸崩解。同時似乎還散出黑色的霧氣。

「剛才解開的魔法陣是阿加雷斯大公家的樣式。」

『看來阿加雷斯的詛咒破除了一個。好，紅髮女人啊，謝謝妳。』

依照這個木乃伊所說，社長剛才的舞蹈似乎解除了一個詛咒。還有兩個是吧。

接著木乃伊看向小貓那邊。

『……關於接下來的解咒方式，第二個需要女惡魔之吻。話說嬌小的女人啊，妳從剛才開始就以熱情的視線看著我對吧？』

雖然木乃伊是這麼說的……不對不對！她看你肯定只是因為你的行動太可疑而已！這個誤會可大了！

「……我只是在看到底是你的眼神色瞇瞇，還是你所附身的一誠學長的眼神色瞇瞇而已。」

『不對，不是這樣！我看得出來！看得出妳的視線有多熱情！好，接下來的解咒就由妳來吧！快，吻我！』

說著，木乃伊挪動我的身體，逐漸接近小貓！步伐中沒有任何一絲猶豫！

這、這個傢伙，果然很可疑！應該說，他其實很好色吧！

……唔！再這樣下去，我就要和小貓接吻了！這樣確實也好康到不行沒錯，但這絕對不可能順利，最後只會落到被揍飛的下場吧……不，事情總是有個萬一，所以小貓說不定會接受他的請求而獻吻……！

我的身體嘟起嘴唇逼近小貓──

「……請不要靠過來，噁心。」

「叩！」

毫不留情的犀利直拳打在我臉上！我想也是！

「啊！一誠先生，危險！」

在我因為拳頭的衝擊而快要倒地之際愛西亞衝了過來──

「啾」地一下，愛西亞的嘴唇貼到我的臉頰上！

雖、雖然是碰巧，不過愛西亞親了我的臉頰！太幸運了！

同時魔法陣再次從石棺浮現，並且碎裂。

『還剩一個！差一個我就能完全復活了！』

愛西亞的親臉頰成功解開了第二個詛咒！這、這該不會是全部成功解咒之後，事情會變得很大條的狀況吧？或許我們其實在叫醒不該醒來的人……！

木乃伊挪動我的身體，這次——視線對準了朱乃學姊！

『最後的一個——讓乳房豐滿的女人對我啪敷啪敷！這是最高難度的解咒方法……不過現在應該可行才對！現在的我就連這個都辦得到！』

木乃伊用我的身體衝出去，奔向朱乃學姊！

這、這個傢伙！難道是想撲向朱乃學姊的胸部，把臉埋進那對豐滿的乳房嗎！

這樣是很讚！是非常棒！是男人的浪漫沒錯！

但是，不是這樣！再、再次解放這麼好色的傢伙太危險了！而且居然還想靠朱乃學姊的乳房成就復活，這個我絕對不允許！

我設法振奮精神，努力提升專注力！並在奔向朱乃學姊的路上……試圖制止我的身體！

『……唔！』

由木乃伊主導的我的身體——動作變得遲鈍！哦哦，我強韌的意志力起作用了！

我順勢試著挪動嘴巴！

「……大、大家聽得到嗎！這、這個傢伙果然很危險！」

『混帳東西，你在做什麼！你也只差這麼一點點就可以得到解脫了啊！而且那些解咒方法你不也全都樂在其中嗎！』

然後輪到這傢伙用我的嘴巴說出這種話來！

「……不可以！你、你這傢伙……太好色了！反正你復活之後也不會是什麼像樣的咒術師對吧！小、小貓！妳應該明白才對！這、這個傢伙之前都帶著極度好色的表情看著大家對吧！」

沒錯，小貓應該看得出這個傢伙真正的意圖才對！因為她最快察覺到的人！

「一誠學長永遠都是一臉色狼樣。」

「說得也是喔！」

對喔！我一直都是色狼樣！不對啦，事情不是這樣！

然而，木乃伊的意志也相當強大，我的身體一步、又一步地接近朱乃學姊。

『那、那對乳房在等著我！那對乳房能夠成就我的復活……！乳房就在那裡……！』

好驚人的色狼力量！能、能夠與我匹敵！這傢伙其實是非常不得了的變態咒術師吧！

「哎呀哎呀，這下傷腦筋了。」

朱乃學姊也一副不曉得該怎麼辦的樣子！

不過，絕不能容許這傢伙接觸朱乃學姊的乳房！

『……哼哼哼，少年啊。如果把臉埋進那對乳房，不知道有多麼舒服喔？』

你說什麼……？透過視線，朱乃學姊豐滿的胸部傳進我的腦中！……不、不可以想啊！

朱乃學姊的乳房由我來……！

「……唔！」

『……嗚嗚！』

就在我的意志力產生動搖之際！我的腳當場絆了一下，身體往朱乃學姊那邊撲過去——

「啊嗯！哎呀哎呀，一誠真是的……太大膽了吧。」

軟溜！

最柔軟的觸感從我的臉上傳來——啊～這裡是天堂啊。

我的身體跌倒之後，終究撲進了朱乃學姊的胸懷裡。

就在那個瞬間，我的身體重獲自由！

黑色的霧氣從我的身體脫離，回到石棺那邊去。同時最後一個魔法陣也從石棺浮現並且碎裂。

……大量的黑霧從石棺噴出。

「……邪惡的氣焰變強了。」

小貓一臉嚴肅地這麼低語。

沒錯，連我也知道。那口石棺讓我感覺到壓力！

『哼哼哼。』

隨著止不住的笑聲，躺在石棺裡的木乃伊本尊開始從裡面起身。

繃帶依序鬆開，原本乾癟的臉孔也逐漸變成生前水潤的模樣。

『哼哈哈哈哈！偉大的咒術師烏納斯，在此復活！有勞你們了，諸位惡魔！』

出現在那裡的是王冠與手杖依舊，上半身打赤膊，下半身圍著腰布，呈現古埃及穿衣風格的年輕男子！

『既然在這個時代復活了，現在我就要實現我的復仇！那個阿加雷斯家的女人！竟敢對我施加詛咒！』

喔喔，他好像氣勢十足呢……

「雖然你才剛復活，不過我可以問你一件事嗎？」

社長向原本是木乃伊的男人提問。

『什麼事？』

「為什麼你會被大公家的親戚詛咒？」

『哼！還不是因為我召喚出來的女惡魔是個令人驚豔的美女！所以我向她求婚——不對，是許願要她化為我的奴隸！結果，她就對我施了那種詛咒！』

聽他這麼說，社長嘆了口氣。

「……再怎麼說，那個心願……即使以你的靈魂作為代價都還差得遠呢。對方氣得詛咒你也是無可奈何的事吧？召喚到大公家的惡魔，若沒有準備相應的願望與報酬，會激怒對方也是理所當然的事情。」

『誰知道有那種事啊！嘖……！你們惡魔總是瞧不起我！也罷！我就先從打倒你們開始好了！』

咒術師提振戰意，將手杖對準了我們！

喔——喲！要開戰了是吧！木場在手上變出劍，小貓也舉起拳頭。

『Boost!』

我也裝備了手甲！

只有社長依然笑得毫不畏懼，落落大方地應對。

「真是的，我明明只是來實現教授的心願，居然遇見了這麼一個傻瓜蛋。教授，這個木乃伊太危險了。我可以消滅他嗎？」

社長向教授確認。教授則躲到掩蔽物後面說：

「可、可以！雖然非常可惜……但這也無可奈何！可、可以的話至少把石棺留下來就太好了！」

「我明白了。只留石棺，剩下的我們會消滅殆盡。」

或許是對社長強勢的態度感到憤怒，咒術師咬牙切齒地舉起手杖！

『……該死的傢伙！擁有上乘魔力的女惡魔都這麼傲慢嗎！不可原諒！嘗嘗吾之咒術

吧！』

男子手上的手杖發出異樣的光芒，無數的繃帶便從石棺當中出現，不斷蠢動。

繃帶圍繞成形，製造出大量的木乃伊！

『去吧！』

隨著咒術師的號令，沉默不語的木乃伊大軍攻向我們！

「休想得逞！」

木場以魔劍砍倒他們。

「……喝！」

小貓則是以體術揍飛他們！

「呵呵呵，看起來非常易燃呢。」

「消失吧！」

朱乃學姊的火焰魔力與社長的毀滅魔力一一消滅木乃伊大軍！

「哈嗚！一誠先生！木乃伊也過來這邊了！」

「別想碰愛西亞！」

我也一邊將愛西亞藏到我背後，一邊運用倍增過的力量毆打、踢飛木乃伊們。

『那這招如何！』

咒術師的手杖再次發出異樣的光芒，繃帶動得更激烈了！

繃帶像有自己的意志似的行動，試圖抓住社長她們幾個女生！

「我才不會一次又一次地被這種東西綁住呢！」

社長她們輕快地閃躲，將那些繃帶轟得遠遠的！

沒錯！社長她們才不會一次又一次地中同一招呢！……儘管我覺得有點可惜……

『哼哼哼，太天真了！』

咒術師轉了轉手杖，指向社長她們！就在那瞬間，正在採取閃躲動作的社長她們的身體像被定住了似的靜止！

——！不、不對，我的身體也動不了！

「這、這是！」

「哈嗚！身體……動不了了……」

我身旁的木場、身後的愛西亞也一樣！

「——！這、這是！」

咒術師對吃驚的社長張狂地笑了。

『此乃吾之咒術之一，定身術！雖然無法長時間定住像你們這種力量強大的惡魔……但只要趁靜止的時候綁住妳們就可以了！』

趁我們因為定身術而靜止的時候，繃帶不斷蠢動，逐漸將社長她們五花大綁！

「……又是這個套路。」

小貓在被捆住之於如此感嘆！就是說啊！為何和我們敵對的傢伙們那麼愛五花大綁啊！

『那些是我長年灌注念力的特製繃帶。沒辦法輕易解開！』

社長和朱乃學姊也試著凝聚魔力——但繃帶上浮現出帶有念力的文字，加強了拘束力。

「……原來如此。你這個咒術師不簡單呢。」

社長在苦笑的同時，也承認了這一點。獲得稱讚的咒術師放聲大笑。

『哈哈哈哈哈！對吧對吧！』

「不過，對上我們就是你的氣數已盡！一誠！」

社長呼喚了我！

「對我們使用洋服崩壞！那招絕對贏得了這個！」

對、對喔！那些繃帶緊密貼在社長她們身上！視同穿戴！既然如此，我的那招或許行得通！

「是，社長！我明白了！上吧——赤龍帝的手甲！」

『Explosion!!』

手甲的力量頓時爆發，我的氣焰隨之暴增！

我帶著提升過的能力，一一觸碰纏住社長她們的繃帶！

社長、朱乃學姊、愛西亞、還有……

「…………」

小貓一臉厭惡……但我還是狠下心碰了她！

在觸碰過所有人後，我擺出耍帥的姿勢，彈了一個響指。

「——洋服崩壞（dress break）。」

就在這個瞬間，繃帶霹靂啪啦地劇烈爆開，社長她們幾個女生脫離繃帶獲得解脫——連原本穿在身上的衣物也都迸裂了！

裸胸！裸臀！全都蹦了出來！太棒了！

「喔喔！大飽眼福啊！」

我在腦中儲存了所有人的全裸！謝天謝地啊～！

「……請不要看！」

小貓把棺蓋丟了過來！啊嗚！直接打中我了！

『這、這是！好、好個了不起的招式！我太感動了，惡魔少年！』

不知為何興奮不已的色狼咒術師還如此稱讚我！

而社長和朱乃學姊擋到那個咒術師面前——

「……意圖對惡魔女性行邪淫之事的不逞之徒……罪該萬死。以吉蒙里公爵之名，我要消滅你！」

社長任強大的毀滅魔力在手上翻騰——

「哎呀哎呀，難得都從漫長的睡眠當中醒過來了……可是壞孩子就要接受懲罰喔。」

朱乃學姊也露出嗜虐的表情在雙手上運起電流。

『該、該死的傢伙！』

咒術師試圖再次對著我們舉起手杖——

「毀滅吧！」

「該說再見了！」

社長射出毀滅魔力，朱乃學姊也發出雷電。

『嗚嘎啊啊啊啊啊啊啊啊啊啊啊啊啊！』

中了社長與朱乃學姊的同時攻擊，咒術師隨之灰飛煙滅。

—○●○—

「啊——該怎麼說呢，這次真是慘兮兮啊……不過到頭來，惡魔的生活方式和工作是不是照之前那樣繼續下去就好了啊……」

我在社辦的沙發上嘆了一口氣。一旁的愛西亞則是帶著閃閃發亮的眼睛說：

「一誠先生！我知道了！我要變成像社長那樣帥氣的女惡魔給大家看！只要平常的生活也像社長那樣過，也許總有一天可以接近社長！」

這樣也不是不行……只是受到社長的影響，說不定愛西亞也會開始採取一些大膽的行動就是了……

「主啊，請保佑我成為一個優秀的惡魔……哈嗚！」

啊，又因為祈禱而受傷了……

「呵呵呵，惡魔要活很長一段時間，生活方式只要慢慢想就行了。」

社長一邊優雅地這麼說，一邊喝著紅茶。

的確，或許是這樣沒錯。我和愛西亞都只需要在接下來的時間裡慢慢思考就可以了也說不定。因為我們要學的東西還有很多呢。

「社長。又收到指名要找社長的委託了。」

一邊這麼說一邊走進來的是朱乃學姊。

「哎呀，接到的是怎樣的委託？」

朱乃學姊對這麼問的社長說：

「是的，據說這次是希望社長調查從古代中國的遺跡出土的棺材，委託的是教授的朋友。呵呵呵，要怎麼辦？」

喔喔，真的假的！該不會又是色色的咒術師吧！雖然會碰上不必要的麻煩，但也可以遇到色色的場面，真要說的話或許算是好康！

「那個可以轉交給其他上級惡魔嗎？感覺太危險了。做了那麼丟臉的事情，結果卻弄出那種貨色。上次的工作最後也沒能完成。」

社長邊嘆氣邊這麼表示！

「這樣應該比較好吧。」

木場也同意！

真、真的假的啊！要交給其他惡魔嗎！

小貓斜眼看著我遺憾的表情說：

「……果然，一誠學長總是一副色狼樣。」

是，非常抱歉……

於咖啡廳「C×C」

「哎呀，一誠同學。這邊這邊。」

「木場，你也來了啊。」

木場

「嗯，我想說或許會有有趣的人在。
一誠同學剛做完工作回來？」

「是啊，想說來喝點東西休息一下。
哎呀——有間這種店還真不錯。」

木場

「是啊。任何時候想到就能順道晃進來。
真該感謝阿撒塞勒老師。」

「喔，一誠、木場。你們來了啊。」

「我才剛來。話說回來……
潔諾薇亞穿起那身店員制服
還真是好看呢。」

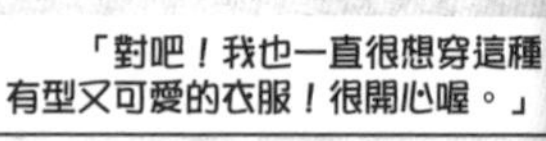

「自從這間店開了以後，
大家都比以前多了點笑容呢。」

「是啊。一開始聽說要開這種咖啡廳時，
我還嚇了一跳呢，那是幾個月前了啊……」

Life.5 請問您今天要來點惡魔嗎？

事情發生在某一天。

莉雅絲突然告訴了我相當具有衝擊性的情報。

「要在駒王町開一間會員制的……我們專用的咖啡廳？」

我如此反問莉雅絲。

吃完晚餐，大家在客廳裡放鬆的時候，她突然就告訴我咖啡廳的事情。

莉雅絲優雅地端起茶杯，喝了一口紅茶之後說：

「是啊，好像有人提出要利用阿撒塞勒在三大勢力結盟後購買的不動產開一間只限『D×D』小隊使用的咖啡廳。那棟大樓的最上層正好是最適合的格局。」

……老師的遺產……這麼說的話對在隔離結界領域裡戰鬥的阿撒塞勒老師也太失禮了，話雖如此，那個人到底在這個鎮上持有多少不動產啊……

我們「兵藤一誠」眷屬從事惡魔工作時所使用的辦公室原本也是阿撒塞勒老師持有的不動產之一。

莉雅絲帶著微笑如此提議。

「那麼，我們去看一下吧。」

就是因為這樣，我們決定去那個地方一趟。

那裡是位於駒王町鬧區的一棟大樓的最上層。我們直接用轉移魔法陣傳送到最上層了。空店鋪就在眼前。

我們走進裡面——看見的是狀似餐廳的廣大樓層。

我前後左右看了一圈後說道：

「……真的耶，這裡的格局是很像餐飲業。」

我從出生之後就一直住在這個鎮上，這裡原本就有大樓……應該吧。可是，最上層以前是怎樣的店鋪我就不清楚了……即使是近在咫尺的地方，有些細節還是不太清楚，偶爾就會發生這種事呢……

——這時，我發現內場亮著燈。

然後有個人從裡面探頭出來——是伊莉娜！

「啊，是一誠和莉雅絲小姐！大家也來了！」

伊莉娜在晚餐之後說「我們有點事要辦所以要出去一趟」就和愛西亞還有潔諾薇亞一起離開家裡……原來是來這裡了啊！

「伊莉娜為什麼會在這裡？」

我這麼問，伊莉娜便說：

「嗯，我在為這間店做準備。因為這裡的營運好像要以教會關係人為主。而且不只我一個喔。」

也就是說……剛才外出的成員也來了？伊莉娜往內場看了一眼……

「一誠先生，莉雅絲姊姊和大家也都來了啊。」

「大家都來這裡了是吧。」

愛西亞和潔諾薇亞也現身了。

接著又有幾個熟面孔從內場出來。

「哎呀哎呀，這不是兵藤家的各——位嗎？」

隨著這道聲音出現的是凜特．瑟然，還有一個身穿黑色修女服的美少女！

這個黑色修女服的女生是蜜拉娜．沙塔洛瓦！她是正教會的修女，也是四大天使之一的加百列小姐的「A(ace)」！帶點灰色的藍眼睛非常漂亮！稍稍從頭巾底下露出來的帶點灰色的金髮也是美到了極點。

在目前正打得如火如荼的排名遊戲國際大會中，她也加入了由杜利歐擔任「國王」的轉生天使隊「天界的王牌」隊，和我們「燚誠之赤龍帝」隊也在預賽當中對戰過。

「…………大家好。」

蜜拉娜小姐大概是因為和我們沒見過幾次面吧，她害臊地紅著一張臉，整個人也忸忸怩怩的。

她也很可愛呢！而且巨乳等級也相當高……！

比賽的時候我灌注龍神之力施展了「洋服崩壞．龍神式」，將她的修女服炸成碎片！那時候我拜見的裸體……在我的腦中還是記憶猶新……呼呼呼！胸部有夠大的啦！

「……學長，你現在的表情非常下流喔。」

害我被小貓這麼叮嚀！哎呀呀，慚愧慚愧！

「…………不要。」

蜜拉娜小姐真是的，還用手遮住自己的胸口！雖說穿著衣服，不過她大概是不希望我回想起那時候的事吧！這樣說有點對不起她，但那樣的動作也很可愛！

…………不對，咳咳。再不把話題拉回來的話，蜜拉娜小姐應該會更討厭我吧。

哎呀？我在視野的邊緣捕捉到一個可疑的人影。人影從廁所門口探頭出來——是位白髮的男孩。年紀大概十一二歲吧？

……總覺得我好像看過那張臉。

或許是注意到我的眼神了，凜特順著我的視線看過去，發現了躲在廁所門後的男孩。

凜特說：

「啊——那個孩子啊。他是西格魯德機關裡最被看好的潛力股。來，過來這邊。」

凜特向那個男孩招了招手……但大概是害羞吧，他反而逃進廁所裡面去了。

這樣啊，他是西格魯德機關——培育白髮教會戰士的組織出來的啊。

那個地方的目標是從英雄西格魯德的血統繼承人中，培育出能夠使用魔帝劍格拉墨的真正後裔。

瘋狂少年神父弗利德和前英雄派副領導人——齊格飛，還有凜特也是從那裡出來的。

原來是這樣啊。那孩子的長相和齊格飛很像。

或許是因為那個組織也在做試管嬰兒的實驗吧，從那裡出來的人有些基因幾乎沒有兩樣，長相也都很像。弗利德和凜特就是這樣。

凜特代為介紹那個男孩。

「那孩子叫西格蒙德。我們自己人都叫他西格。他的基因資訊一半是我和弗利德大哥的，一半是齊格老師的。」

男孩又悄悄地從門後探出頭來偷看我們這邊。

凜特說：

「梵蒂岡那邊有吩咐，叫我們把西格弟留在這邊用。看來總部那邊似乎也不知道該怎麼處理他。」

是喔，所以他是被外派來這邊的，機關裡最被看好的潛力股嘍。話說回來，凜特都叫他「西格弟」是吧。

我再怎麼盯著他看好像也沒有能立刻讓他卸下心防的跡象，還是先和伊莉娜聊聊好了。

我再次對伊莉娜說：

「其實，我才剛聽莉雅絲提到這間店。」

「這樣啊，原來一誠之前還不知道啊。話說，我們也是不久前才剛知道的。所以今天才會大家一起來打掃。」

伊莉娜這麼說。

根據剛才伊莉娜提供的資訊，這間店是交給教會方面的人負責嘍。也是，在這間準備中的店鋪工作的成員也都是教會方面的人。

我看向莉雅絲，她便察覺到我視線中的涵義，為我說明。

「關於這間店，高層好像已經談過了。大樓的所有者是神子監視者（Grigori）。這間店本身是天界的。監製工作則由住在兵藤家的我們這些冥界人士負責。」

看來三大陣營之間已經談妥了。

莉雅絲使用魔力，在手上變出一疊看似資料的紙張。她把那疊紙放在店內的吧檯上，給大家看。

「原則上，店內的裝潢是由吉蒙里家……由我負責。我已經訂購了好幾套桌椅。預計要布置成這種感覺的店。」

資料上畫著店內的完成模擬圖，呈現出具有穩重氛圍的雅緻風貌。

椅子、桌子和沙發看起來也都很高雅。似乎還準備了幾間包廂，應該能在裡面稍微商量一點事情。

「不愧是莉雅絲大人，太有品味了。」

看著資料上的模擬圖，蕾維兒為莉雅絲的品味而讚嘆。

潔諾薇亞拿著拖把這麼說。

「不過，只限『D×D』小隊的咖啡廳感覺很新潮，我覺得很棒。」

「這種只有自己人的祕密小店，真是讓人心動！」

伊莉娜也同意。

聽了她們的意見，社長表示：

「『D×D』在成立之後，成員也逐漸增加。但是，其中有些人雖然加入了，卻和大家沒什麼交流也是事實。對彼此沒什麼對話機會的成員們而言，若這裡能成為製造交集的地方就太好了。我也打算秉持打造這種地方的理想，做好這間店的裝潢監製工作。」

的確。我們的確是組成了「D×D」這樣一個小隊，但除了在對抗敵對勢力的時候以外好像很少對話。不，我們偶爾會開趴，或是聚在一起玩得很熱鬧，不過所有人都到齊的場合幾乎等於沒有。

因為在加入「D×D」之前，成員們各自也都有原本的職責和立場。

而且加上支援人員和準成員的話，人數會相當多。

我還算是和很多人說過話的了，但應該還是有一些彼此聊都沒聊過的人在。

「所以客人都是我們的夥伴，那店員呢？」

我這麼問。

伊莉娜比出勝利手勢回答。

「基本上是由我們天使負責！還有，和教會有關係的愛西亞同學、潔諾薇亞也準備來幫忙。如果大家也願意在有空的時候來幫忙，我們應該會很開心！」

原來如此，天使和愛西亞、潔諾薇亞她們這些教會方面的人基本上都是店員啊。也對，既然店都交給他們了，這也是理所當然的吧。

天使為我們端茶好像很不錯！

潔諾薇亞和愛西亞顯得幹勁十足。

「包在我身上！我對於餐飲業的女店員這種職業也相當嚮往！」

「是的！我也很期待！」

負責監製的莉雅絲和朱乃學姊也討論得很開心。

「好了，朱乃。該怎麼辦呢。我想先從咖啡豆、紅茶的茶葉、名牌綠茶開始湊齊。」

「我也想提議一些輕食的菜色。三明治是不能少的……如果有飯糰好像也很有趣。」

她們攤開資料，認真討論了起來。

——這時，小貓忽然問莉雅絲。

「……莉雅絲姊姊。店名要叫什麼呢？」

莉雅絲摸著下巴，發出低吟，開始沉思。

「的確……這個也很重要。嗯——……各位天使那邊有沒有什麼提議呢？」

莉雅絲問伊莉娜。

伊莉娜則苦笑道：

「其實已經出現了各種意見，只是還沒有結論。要是取了聖人的名字，惡魔和墮天使方面的人要來的時候又很尷尬，而且說不定還會在店裡產生神聖的庇護。但如果取了冥界風格的名稱又太駭人聽聞，天界方面也無法接受，大概是這種感覺。」

莉雅絲聽完點了點頭。

「……原來如此。好吧，這個就慢慢決定好了。包括招牌也晚點再處理。」

我問莉雅絲。

「所以這裡什麼時候開店？」

「預計是在下週開張。」

好快！不過，桌椅之類的只要拜託吉蒙里家的相關人士就能靠惡魔力量設法解決。而且是會員制，客人數量也有限，所以需要準備的食材也不用太多吧。

就像這樣，反恐小隊「D×D」專用的咖啡廳即將在駒王町開張了——

「D×D」小隊限定的會員制咖啡廳開張之後沒多久。

我來露臉時，裡面已經三三兩兩坐了幾位客人——應該說是夥伴，大家都在座位上舒展身心，同時好奇地看著店內。

「哎呀，一誠。歡迎光臨。」

伊莉娜出來接待我。店員的制服很可愛！

「還有空位，我馬上幫你帶位。」

在伊莉娜的帶領之下，我來到能看清整個店內的位置。路上看到熟識的成員，我們也向彼此打招呼，寒暄幾句。

我一邊在伊莉娜帶我來到的位置坐下，一邊問她：

「來的客人多嗎？」

「還滿多客人來的喔。住在兵藤家的大家稍微有空的時候也都會來，也有相關人員帶著爸媽來。」

哦～感覺生意其實挺好的嘍。

原則上，也因為這裡是會員制，來店方式也相當有限，主要的移動方式是透過設置在這棟大樓頂樓一角的轉移型魔法陣。我也是從兵藤家地下的大型轉移魔法陣直接傳送過來的。頂樓還布設了排拒普通人的術式，電梯也動過手腳，沒辦法來到頂樓這裡。同樣地，樓梯也施加了幻術，正常的人類無法抵達這層樓，更無法認知到這裡。

「那，我要一杯冰咖啡。」

——於是，我向伊莉娜點了飲料。

「好的～謝謝惠顧～」

伊莉娜接了我的單後，回到內場。

我無意間和身穿制服的蜜拉娜小姐（好可愛）對上了眼……但她又遮著胸口逃走了……

……好吧，轉換一下心情，該完成我來這裡的目的了。那就是——觀察店裡的狀況……

還有確認在這間店可以聽到何種組合的對話。

對於罕見組合的對話，我有點……不，我相當好奇。只要來這裡就有機會聽見那樣的對話，更是令我興味盎然。

我放鬆心情坐了一陣子後……史特拉達大人進來了！他坐到距離我的位置稍遠的座位上。這時塞拉歐格也出現在店內！

在愛西亞帶位的路上，塞拉歐格和史特拉達大人對上了眼。

「哦哦……這不是瓦斯科．史特拉達大人嗎！」

「嗯，是巴力家的繼任宗主大人啊。貴安。」

「我一直很希望有機會能和您好好聊聊。可以的話，請務必讓我和您一起坐好嗎？」

「彼此彼此，若你不嫌棄老朽的話還請坐下。」

如此這般，塞拉歐格和史特拉達大人這種組合的桌次就此誕生！唔哇——！力量的化身與力量的化身坐在一起啦！

一邊喝著黑咖啡，塞拉歐格一邊說：

「我拜見過大會的比賽了。還有巴力家流傳下來的近代資料中也有您年輕時期的活躍表現，我也看過了。尤其是您在第二次世界大戰時代大放異彩的佚事更是讓我滿心敬畏。」

「呵呵呵，真是太汗顏了。當時未經琢磨的我居然留在大王家的資料上。」

「同盟前的我們巴力家也都告訴士兵們您是應該避開的對手之一，我們對您就是如此敬畏。沒想到居然能像這樣和您一起喝咖啡……時代的變遷真是難以預料呢。」

「關於這一點我也完全表示同意。對了，這個咖啡……」

大人端著杯子說。

「聽說是巴力家推薦的啊。」

塞拉歐格有點害羞地搔了搔臉頰。

「是啊，我對咖啡豆有那麼一點講究……所以才給了莉雅絲一些建議。」

啊——這種咖啡！我就覺得對這個香氣和味道好像有印象，原來是塞拉歐格推薦的啊！我之前喝過塞拉歐格的咖啡，這裡的冰咖啡和當時的味道很像。他真的很喜歡咖啡呢。味道並非完全相同，是因為豆子有點不一樣嗎？還是沖法和沖的人不同的關係？

史特拉達大人說：

「這個味道非常順口，很容易讓人接受。中規中矩的，所以應該也很適合提供給前來此地的多樣化成員。」

塞拉歐格顯得更害羞地說：

「莉雅絲也拜託我介紹較受大眾接受的豆子給她，所以我把品種連同特調的配方一起告訴了她。若合您的口味是我的榮幸。」

塞拉歐格害羞成那樣還真罕見。能夠和史特拉達大人說到話，自己介紹的咖啡又獲得大人讚賞，大概讓他很開心吧。

史特拉達大人問塞拉歐格。

「我喜歡澀味更重一點的咖啡，有沒有什麼可以推薦的？」

「喔喔，其實我……我也喜歡那種系統的咖啡。下次請務必——」

就像這樣，這天我見到塞拉歐格與史特拉達大人這般罕見的組合。

其他日子又來到這裡的時候——我看見的是一大群人圍著一張桌子，坐在那裡的成員有瓦利、美猴、現任豬八戒（外表像豬的人型妖怪），還有一頭蓬鬆朱色頭髮的可愛國中女生的現任沙悟淨美眉。

對面的座位則是第一代孫悟空老爺爺（鬥戰勝佛），長得像隻大肥豬的人型妖怪老爺爺——第一代豬八戒（淨壇使者），脖子上掛著骷髏項鍊又蓄著大鬍子的老爺爺——第一代沙悟淨（金身羅漢），身上的衣服令人聯想到蓮花的少年——哪吒太子等等，正是西遊記隊成員到齊的豪華陣容！

那桌感覺就是現任西遊記成員和第一代西遊記成員會聚一堂！

現任西遊記成員……除了瓦利外，所有人都滿臉汗流不止，緊張的程度相當高。

首先美猴本身就很怕第一代孫悟空老爺爺了。對現任豬八戒和現任沙悟淨來說，各位第一代也都是他們得罪不起的人物吧。

第一代沙悟淨老爺爺一邊吃聖代，一邊問瓦利他們。

「最近怎樣？」

美猴帶著僵硬的笑容說：

「所、所謂的最近，指的是什麼事啊……？」

第一代沙悟淨老爺爺說：

「問你大概也是不得要領吧。話雖如此，八戒的子孫是個受虐狂，我的子孫又是國中小女生。所以啊，身為隊長的小瓦覺得怎樣？」

矛頭指向了帶領隊伍的瓦利而不是美猴。而且那傢伙還被第一代沙悟淨老爺爺叫成「小瓦」呢……

瓦利說：

「他們三個在大會的比賽中都打得很不錯……不過，偶爾也會不在狀況內就是了。」

聽他這麼說，第一代沙悟淨老爺爺表示：

「我們家的是，悟空家的也是，八戒家的也是，他們有的是才能……但不知道該說是太年輕了，還是不懂得忍耐……」

在第一代沙悟淨老爺爺如此嘮叨之際，第一代豬八戒老爺爺在一旁只花了三口就把聖代吃光，然後叫住店員愛西亞問她：「這個再給我來一份。順便問一下能不能做大份的？」

第一代孫悟空老爺爺說：

「但咱們年輕的時候比這些小傢伙還要亂來呢。還記得咱們和師傅一起旅行的時候，到了西梁女人國，師父和八戒喝了子母河的水。」

第一代沙悟淨老爺爺像是回想了起來似的點了好幾次頭。

「啊，是啊是啊，確實有過這麼一回事。師父和老豬還懷孕了。喝了那裡的水連男人都會懷孕。」

「那裡是個只有女人的國家。唉，當年真是開心哪，悟淨。」

「沒錯沒錯。」

只有女人的國家！……「西遊記」的故事裡確實是有這麼一段的樣子！我還以為那只是創作出來的故事呢……之後真想私下問一下相關的事情！

在第一代孫悟空和第一代沙悟淨說著這些事的時候，現任西遊記的三個人都說著「……是喔」、「原來如此……」之類的，只能勉強自己答腔。

一旁的第一代豬八戒老爺爺則是滿意地吃著大份的聖代，至於哪吒太子則是迷迷糊糊地打著盹，一副很想睡的樣子。

這時，瓦利似乎有話想問，便對老爺爺們開了口。

「……對了，各位剛才用『小瓦』這個稱呼叫我是——」

就在他這麼說的時候。

「幸會幸會，我們家小瓦平常有勞各位照顧了。」

不知不覺間，瓦利身旁多了一位金髮美女魔法師——拉維妮雅．蕾妮小姐坐在那裡！瓦利似乎也因她突然現身而感到驚訝！拉維妮雅小姐能讓我和瓦利察覺不到氣息真是太令人驚訝了！我覺得二天龍身邊的女生們全都學了能夠讓我和瓦利察覺不到的隔絕氣息技能！

對瓦利而言像姊姊般的拉維妮雅現身，讓他的一臉酷樣隨之消失，不知所措了起來。

「拉、拉維妮雅，妳怎麼會在這裡……？」

拉維妮雅說道：

「因為現在有這個機會見到平常對小瓦多有照顧的各位，我才想來向各位打聲招呼。」

對此，第一代孫悟空老爺爺笑著說：

「哈哈哈！其實，我之前碰巧遇到冰姬姑娘。那個時候她也說白龍皇——小瓦受到我們照顧。」

聽見這些，瓦利雙手掩面，臉都紅到耳根去了。

若是自己的家人特地去找在學校或工作場所很照顧自己的朋友至交打招呼，這當然會很害臊！

老爺爺他們開始用「小瓦」這個稱呼，是因為和拉維妮雅有那麼一段邂逅是吧。

在瓦利身旁，原本一直到剛才都還很緊張的美猴他們正在忍笑。看來是瓦利現在的模樣正中他們的笑穴。

或許是因為這樣，他們的緊張也緩解了許多，之後第一代和現代的西遊記成員聊得還算和樂融融。

——既然有這樣的組合，另外一天還有……

「吶，經紀人小姐。我會是第幾個女人啊？」

「您、您也問得太直接了吧……」

聊的話題非常不得了的羅伊根．貝爾芬格小姐和蕾維兒這樣的組合。

……總覺得她們的氣氛讓我無法直接闖進去會合，所以我只能坐在比較遠的座位聽她們的對話。

羅伊根小姐說：

「我形同是被貝爾芬格家逐出家門了，所以必須找個人討我當老婆才行。可是我們之間的年齡差距應該是太大了，到頭來，對原本是人類的男人來說，我等於是個老太婆了吧。」

蕾維兒回答：

「關於這點我想應該不成問題。以人類男性的感覺而言，只要看起來夠年輕就足以當成戀愛對象來看待了。」

「這種說法我是經常聽到啦……」

羅伊跟小姐嘆了口氣，接著似乎是想到了什麼，忽然這麼問蕾維兒。

「話說，經紀人小姐。既然是經紀人，妳應該在各方面都把他照顧得很妥當對吧？」

「那當然了！無論是白天晚上，無論在任何地方，無論是任何事情，扶持著一誠先生的都是我！」

蕾維兒充滿自信地這麼說，而羅伊根小姐則是對這樣的她露出別有深意的微笑。

「那麼，在那方面也是嗎？」

「那方面……？」

蕾維兒立刻陷入沉思，然後似乎是想到了什麼，瞬間變得滿臉通紅。

「那、那、那、那那那那那那種事情……我才沒有做！」

蕾維兒的聲音都拔高了。

或許是覺得蕾維兒的反應很有趣吧，羅伊根小姐打趣地問道：

「不過，放眼未來的話？」

蕾維兒的臉更紅了。

「放、放眼未來的話…………」

「應該說，如果他現在就要妳的話，妳有辦法拒絕嗎？」

「拒、拒絕……這、這個嘛……」

「要是否定那種行動的話，應該不太好吧？」

「……啊、啊嗚嗚嗚嗚……」

蕾維兒的臉紅到都可以煮開水了。

「……太下流了！羅伊根大人！」

「哎呀，我可不記得自己問了色色的問題喔。我問的是那方面，妳想到哪方面去了？」

羅伊根小姐帶著戲謔的笑容逗得蕾維兒暈頭轉向。

總覺得那邊的氣氛讓我不太好露臉了……不過可以見到妖豔的羅伊根小姐和蕾維兒可愛的反應，真是太棒了。

另外還有這麼一天——

「幾瀨先生在大學有沒有參加什麼社團？」

「我姑且在研究料理的社團掛了名，但很少露臉。因為我一下要忙任務，一下要忙酒保的工作。」

莉雅絲和幾瀨聊著這些事。

我和莉雅絲，加上幾瀨的罕見組合！對莉雅絲而言，幾瀨也是她的「皇后」朱乃學姊的遠房表親。

莉雅絲和幾瀨正好在聊大學生話題。

我原本也想加入他們倆的對話，但又覺得這個狀況很稀奇，所以就想帶著好奇暫時在一旁默默聽他們聊。

他們的對話果然很大學生，都是關於大學的話題。

莉雅絲說：

「我在大學成立了日本文化研究會這個社團固然是不錯，但很想為了研究而前往日本各地旅行卻又不好輕舉妄動……」

「成員呢？除了朱乃以外的社員都是普通人類？我只聽說所有人都是女生。」

「全部都是知道我們的內情的女生。原因就出在這裡。大家多半都是家世特殊的人，所以要去日本的知名景點的話……」

「啊，很多地方都張設了驅魔還有排拒異能力者的結界、術式等等，是吧？」

幾瀨這番話讓莉雅絲點了頭。

「……在各勢力結盟後，寄身於『D×D』的我和朱乃還能以特例獲得許可，但……」

「妳們以外的異能力者，或是具有奇特力量的家族，有時很難前往日本的名勝古蹟對吧。」

「就是這樣。也因為這樣，我在想能不能透過朱乃向姬島家……向五大宗家和相關單位稍微談談看。」

「啊…………五大宗家啊……那邊相當難搞喔。」

幾瀨苦笑著這麼說。

莉雅絲也回以苦笑。

「經歷過的人都這麼說了，對吧？」

我就在莉雅絲身旁聽著這番大學生之間的對話

就像這樣，來到這間咖啡廳能聽到真的很罕見的組合之間的對話，非常有趣。

然而，有時也會碰上一些氣氛沉重到令人喘不過氣的組合。

我就撞見過那樣的場面。

「…………」

「…………」

某一天，我和木場和木場的同志托斯卡小姐三個人來到咖啡廳時……在這裡碰到了那個白髮男孩——西格蒙德。

西格蒙德一遇見木場，便大膽地占據了木場面前的座位，目不轉睛地注視著他。從表情和眼神看來，西格蒙德的心情相當複雜。

第一次遇見他的時候，他還害羞地躲在廁所門的後面……今天倒是對木場非常感興趣的樣子。

我和托斯卡小姐只能在這難以言喻的氛圍當中緊張不已。我來回看著木場和西格蒙德，只見不知如何是好的木場和認真的西格蒙德一直聊不太起來。

「呃……你叫西格蒙德對吧……找我有什麼事嗎？」

即使木場一臉困惑地這麼問——

「…………」

西格蒙德還是保持沉默。

再這樣下去大概也無法發展成對話——可是，隨便刺激他們好像也很那個，所以我決定叫正在當店員的凜特過來空位上坐著，問她這是什麼狀況。

「……那是怎麼一回事？」

我看向木場那邊，這麼問凜特。

她說：

「西格弟很尊敬齊格老師。所以……總之，他的心情大概很複雜吧。」

……啊，那當然複雜了。因為木場繼承了原本由他們的齊格老師，也就是齊格飛持有的魔帝劍格拉墨……而且，木場還打倒了齊格飛。

對尊敬齊格飛的西格蒙德而言，木場是殺掉老師的仇人……應該可以這麼說吧？

凜特爽朗地說：

「畢竟木場前輩對西格魯德機關而言是緣分相當深的一個人嘛。打倒了弗利德大哥和齊格老師，又得到了格拉墨。更何況——」

凜特看向托斯卡小姐。

「他的同志，托斯卡大姊也是西格魯德機關出來的嘛。木場前輩真的和我們的組織太有緣了。」

聽她這麼說，托斯卡小姐表示：

「那、那個，凜特小姐……妳叫我大姊是……」

「沒有啦，我想說妳的年紀應該和我差不多或是大一點，又是同一個機關出身，當然和姊妹沒兩樣！請讓我叫妳一聲大姊吧！」

「可、可是，我……睡了很長一段時間……」

「沒關係沒關係，大姊就是大姊。」

「……好、好喔……」

對於凜特，托斯卡小姐不知道該作何反應。

回到木場和西格蒙德那邊，看著看著終於有動靜了。

西格蒙德開了口。

「……格拉墨……聽說在你手上。」

「嗯。現在我是那把劍的主人。」

「……那原本是齊格飛老師的劍……」

「是啊。」

「……齊格飛老師……是個壞人嗎？」

好個直截了當的問題啊。面對尊敬齊格飛的少年，這種時候應該怎麼回答才對呢？對於這個問題，親手打倒齊格飛的木場本人必須回答才行。

木場以平靜的語氣回話。

「我想他有他的信念──但是，對我而言他是敵人。所以我打倒了他。否則，會被打倒的或許是我們。」

對於木場真誠的回答，西格蒙德低著頭說：

「我……覺得老師是個很悲哀的人。因為很強，因為被格拉墨選上……所以，在以前的機關裡才會無法依靠任何人。」

「……當時的教會的結構，是吧…………你說得很對。」

木場的眼中充滿了悲哀。因為在當年的教會……發生了許多令人傷心的事……以木場和托斯卡小姐為首，「聖劍計畫」的同志們都因此犧牲了。

「西格蒙德……你有人可以依靠嗎？有沒有能依靠的人？」

聽木場這麼問，西格蒙德點了頭。

木場見狀，微微一笑。大概是對西格蒙德的現狀，還有現在教會的結構感到放心了吧。

西格蒙德下定決心，如此宣言。

「我的夢想，是成為格拉墨的下一任使用者。所以總有一天，我要挑戰以賽亞……木場先生。我要成為超越齊格飛老師的格拉墨使用者。我一定要辦到！那、那就是身為英雄西格魯德的子孫的我的……夢想！」

——！

……那就是白髮男孩的夢想、野心啊。

聽他這麼說，木場在驚訝之餘，也露出柔和的笑容。

「我知道了。我也會繼續精進，不會輸給你的。」

聽了木場這番話，西格蒙德的神情乍然一亮，露出開朗的笑容。

「嗚嗚。真、真是太好了呢——西格弟——！」

哎呀呀呀！我身旁的凜特難得嚎啕大哭了起來——！

西格蒙德走向凜特。

「凜特姊姊。我……說出來了。」

「嗯嗯。我都看到了！你太了不起了，西格弟！」

「姊姊，妳哭得太誇張了。」

在沉重的氣氛開始的對話也像這樣在溫馨的互動中結束了。

木場和托斯卡小姐說還有別的事要辦所以就先回去了，而我決定在店裡等到愛西亞幫忙完這裡的工作再一起回家。

——而就在此時出現了一個人！

「哎呀，兵藤一誠。」

是戴著眼鏡的阿加雷斯大公家繼任宗主，絲格維拉・阿加雷斯小姐！

「絲格維拉小姐！妳、妳來喝茶嗎？」

「是啊，我原本想在這裡歇一下之後再去兵藤家的。你在這裡正好。我有事要找你。」

「有、有事找我嗎？」

絲格維拉小姐的眼鏡閃了一下，便拉著我的手，讓我坐到一張桌子旁邊。然後，絲格維拉小姐在手上展開了小型魔法陣。

從中出現的是「機動騎士彈鋼」的塑膠模型！上面到處都進行了額外處理，就連細微之處都經過完美的塗裝！

「你幫我去『彈鋼基地』買來的限定彈模終於完成了，我想說一定要讓你看一下。」

「彈鋼基地」是開在台場的專賣「機動騎士彈鋼」塑膠模型的廠商直營店。

之前，為了實現絲格維拉小姐託付給我的事情，我去了那裡一趟，是買了限定的彈模寄給了她沒錯啦！

絲格維拉小姐在桌子上展開魔法陣，又變出一大疊彈鋼的資料。

她一邊叫我看完成的彈鋼，一邊和資料對照了起來！

絲格維拉小姐興奮地大肆闡述！

「我仿照設定，自認連細節都講究得很徹底。像這裡！這個背包的地方，在這份資料上面，這裡應該沒有光劍架才對，但看到後來出的這份資料，上面就補上去了。此外，腳部噴射口也是每份資料的解釋都不一樣，我個人是比較喜歡初期設定的版本——」

……如此這般，我就這麼一直陪絲格維拉小姐聊彈鋼，聊到快要關店的時候——

在這間咖啡廳裡，不但有稀奇的組合和感人的相逢，有時候還會有人大聊彈鋼呢！

附帶一提，這間咖啡廳的店名決定叫「C×C」了。理由是來自Cafe、Cleric（神職人員）、Club、Community、Combination等C開頭的字眼。命名者是蜜拉娜．沙塔洛瓦。

「D×D」小隊的名稱由來之一也是取自「D開頭的單字」，所以我也覺得正好適合。

今後我也想在「C×C」這裡見證、體驗各式各樣的邂逅！

Life.6 開業！吉蒙里不動產！

事情發生在某個假日。

我和莉雅絲、朱乃學姊、蕾維兒四個人來到兵藤家地下三樓的轉移用房間，等待客人傳送過來。

前一天晚上，莉雅絲這麼告訴我。

「有客人要從冥界來訪。」

「客人？惡魔嗎？」

我這麼問，莉雅絲便點了頭。

莉雅絲接著這麼說：

「來者是別西卜、阿斯莫德的關係人……換句話說，是來自阿斯塔蒂家和格喇希亞拉波斯家。」

居於冥界——惡魔世界頂點的四大魔王，路西法、別西卜、利維坦、阿斯莫德。由於現今並非世襲制，而是襲名制，這四大魔王分別出自四大名家。吉蒙里、阿斯塔蒂、西迪、格喇希亞拉波斯。

這四家足以和純血上級惡魔七十二柱之冠的巴利大王家及阿加雷斯大公家並稱，六家在冥界當中也是特別的名家。

而列於名家中的阿斯塔蒂家以及格喇希亞拉波斯家當中有人要來訪……而且是來拜訪出了第二代路西法，瑟傑克斯．路西法陛下的吉蒙里家的繼任宗主莉雅絲——

……如果是西迪家——蒼那學姊的話，她是莉雅絲的兒時玩伴，和我們神祕學研究社成員也都打過照面，要我友善地應對倒是還行……

照莉雅絲的口吻判斷，來者應該是很少見面的稀客吧。

我們在前一天晚上談過這些的狀態下準備迎接客人。

在房間裡等了幾分鐘後——地板上的巨大魔法陣開始發光，有人轉移過來了。

使用轉移魔法陣傳送過來的是四名男女。

最引人矚目的是一頭金長髮（髮尾帶點藍）的鳳眼美少女。年紀大概和我差不多。身上穿著很有貴族樣的禮服。

最重要的是胸部幾乎和莉雅絲一樣大！身材太完美了吧！

鳳眼女孩手上拿著風雅的扇子。總覺得她身上的氛圍讓我感覺到高傲的氣息。似乎是個性很倔強的女孩……

那名少女身邊跟著一個身穿西裝的高瘦男子（是個型男！）。從她給人的感覺看來，他應該是少女的隨從。他身上的氣焰相當強大，怎麼看都是護衛。

鳳眼少女身後──還有另一位美少女！

這位是個將一頭銀髮綁成側邊公主頭的嬌小女孩。身上穿著陌生學校的制服。個頭雖然小……但看來胸部也相當雄偉！儘管不及鳳眼女孩，不過她所擁有的也很可觀了……

（……一誠先生，你的視線過度集中在奇怪的地方了。）

蕾維兒輕聲提醒我。

抱歉抱歉。

可是，我這個人就是很容易在第一次見到女孩子的時候，把視線放在胸部上啊……

把銀髮綁成側邊公主頭的嬌小女孩，身邊跟著一個穿著套裝的高挑女子。這位也是個美女嘛！和西裝男一樣，從身上的氣焰看來，她應該是銀髮女孩的護衛。

所以是兩名美少女分別帶著隨從轉移過來了吧。

鳳眼美少女一面向我們點頭示意，一面打招呼。

「貴安，『D×D』小隊的各位。我是補位成為阿斯塔蒂家繼任宗主的拉緹雅・阿斯塔蒂。初次見面的各位，今後請多多關照。」

──！

阿斯塔蒂家的，繼、繼任宗主大人！

我因為這個資訊而大吃一驚！那當然了！因為之前的阿斯塔蒂家繼任宗主是迪奧多拉．阿斯塔蒂那個渾球。

他協助「禍之團(Khaos Brigade)」，與我們為敵。不過最後，他不但遭到背叛還慘遭殺害就是了……

後來，阿斯塔蒂家因為繼任宗主迪奧多拉援助恐怖攻擊，不但現任宗主被迫下台，還喪失出任下一任魔王的權利，狀況岌岌可危……

這樣啊，新的繼任宗主已經決定了是吧。所以她——拉緹雅小姐才說自己是「補位的」吧。

拉緹雅小姐對莉雅絲露出別具深意的微笑。

「好久不見了，莉雅絲小姐。」

「是啊，好久不見。拉緹雅，貴安。」

……看莉雅絲這個反應，她們應該見過面，不如說，感覺還很熟呢。

莉雅絲對狐疑地看著她們的我做了說明。

「她，拉緹雅是在我來駒王學園之前……在冥界時代就認識的人。年紀也一樣。」

——！

喔喔，原來是這麼回事啊！莉雅絲來日本之前的朋友。她們同是貴族，又一樣是出了魔王的名家，彼此之間當然會有交流。比方在社交界之類的。

年紀和莉雅絲一樣，意思就是學年比我高一屆。年紀比我大的大姊姊！

蕾維兒輕聲為我補充說明。

（拉緹雅大人是阿斯塔蒂家的分家出身……是阿傑卡．別西卜陛下的姪女。順道一提，拉緹雅大人的母親大人是阿加雷斯大公家出身的人物。）

阿傑卡．別西卜陛下的堂姪女！那還真是不得了。而且她的母親還是……絲格維拉小姐的親戚是吧。

拉緹雅小姐的母親該不會也是彈鋼迷吧？我不禁有點擔心。

接著換側邊公主頭的銀髮女孩向我們打招呼。

「我是伊琉卡．格喇希亞拉波斯。不知怎地就變成格喇希亞拉波斯家的繼任宗主了。請多指教。」

感情完全沒有顯示在臉上，是個撲克臉。

等等，這位也是繼任宗主大人喔！格喇希亞拉波斯家之前也為了繼任宗主該如何是好的問題猶豫了很久。因為原本的繼任宗主被「禍之團」的舊魔王派給暗殺了，繼任宗主的寶座一直都空著。

原本姑且是有個名為傑發德爾的沒教養的傢伙等著補位，但他和塞拉歐格在排名遊戲打過一場比賽後就一蹶不振了。

雖然之前也有過這麼一段，不過看來格喇希亞拉波斯家總算拱出一個繼任宗主來了。

蕾維兒再次為我補充說明。

（伊琉卡小姐是格喇希亞拉波斯家的本家出身——）

這時伊琉卡小姐打斷了輕聲說話的蕾維兒，向她搭話。

「好久不見，蕾維兒。」

「是啊，伊琉卡小姐好像也很有精神，真是太好了。」

蕾維兒也帶著笑容回以問候。

我問蕾維兒：

「……你們也像莉雅絲和拉緹雅小姐那樣互相認識嗎？」

「我們從幼兒園就是同學了。」

蕾維兒如此回答。

「蕾維兒轉學了，不過我們原本是同學沒錯。」

伊琉卡小姐也跟著這麼說。

從幼稚園時代就是同學了嗎！蕾維兒現在轉到駒王學園來了。在那之前她們都是同一間學校的同學嘍。

也就是說，她和蕾維兒一樣大，比我小一屆是吧。

莉雅絲說：

「伊琉卡就讀的學校是惡魔方面的冥界——首都莉莉絲的名校。」

伊琉卡小姐穿著制服也是因為這樣嗎？

之後，拉緹雅小姐和伊琉卡小姐為我們說明，跟著她們來的套裝男女都是她們兩位的眷屬當中的「騎士(knight)」。

以莉雅絲為首，上級惡魔的「國王」有個慣例，在前往別的地方時要由「皇后」和「騎士」其中一位，或者是雙方同時陪同。

——就像這樣，事情超乎我的預料，我們迎接了阿斯塔蒂家及格喇希亞拉波斯家的兩位美少女繼任宗主大人……

至於為何這兩位美少女貴族大人會前來兵藤家，莉雅絲開始正式說明。

「其實是這樣的，日前，惡魔政府——別西卜陛下那邊聯絡了我。內容是阿斯塔蒂家與格喇希亞拉波斯家，兩家的繼任宗主決定在日本也成立據點了，所以希望我協助。」

聽了這番話，我驚訝地說：

「咦，她們也要像莉雅絲和蒼那學姊那樣，在這個國家成立身為惡魔的活動據點——據有地盤嗎？」

莉雅絲點頭。朱乃學姊也毫不驚訝，看來這個資訊是透過身為「皇后」的朱乃學姊傳到莉雅絲那邊去的吧。

拉緹雅小姐說：

「我和伊琉卡各自都在人類世界的其他國家擁有活動據點，不過因為高層的安排，這次我們要在這個國家也成立據點了。」

我問拉緹雅小姐。

「高層的安排……請問其中有怎樣的緣由呢？」

拉緹雅小姐將合著的扇子點在下巴上說：

「出了路西法與利維坦的吉蒙里家與西迪家的繼任宗主都在日本擁有據點，同時也加入了『Ｄ×Ｄ』小隊；基於以上，同樣出了別西卜與阿斯莫德的阿斯塔蒂家與格喇希亞拉波斯家的繼任宗主，也應該在日本擁有據點……高層似乎出現了這樣的意見，所以為了增廣見聞，也為了得到累積經驗的機會，我和伊琉卡決定在這個國家成立據點。」

伊琉卡小姐點了點頭。

「你們的傳聞和功績我們也都略有耳聞，也聽說日本是個非常有趣的國家，所以想說有個據點也不錯。」

原來如此，有這麼一回事啊。

吉蒙里家（包括我的眷屬在內）和西迪家都在駒王町周邊擁有據點——也就是地盤，（再加上政府的考量）所以另外兩家也想試著讓各自的繼任宗主來這一帶住看看是吧。

莉雅絲問拉緹雅小姐和伊琉卡小姐。

「這一帶經常被敵對組織入侵，而且還受到監視，相當危險喔。兩位和兩家對於這些都能接受嗎？」

就是說啊。有很多「D×D」小隊的成員都住在這一帶，戰力相當可觀，然而相反地，也不斷有敵對組織針對這裡。

實際上，這個城鎮也已經成為戰鬥的舞臺好幾次了。

莉雅絲大概是想確認，拉緹雅小姐和伊琉卡小姐是否對於遭受襲擊的可能性也有所覺悟才決定在這裡成立據點的吧。

拉緹雅小姐和伊琉卡小姐表示：

「為了讓失去信用的阿斯塔蒂家再次興盛至極，那種程度的危險我可以接受。我要帶著承擔壞處的覺悟，選擇其中的好處。」

「我和拉緹雅一樣。不過，可以得到的經驗應該更在危險之上。雖然這麼說有欠考量，但我覺得這樣也挺好玩的。」

……雖然各有各的想法，但還是打算承擔危險來累積經驗是吧。

尤其是拉緹雅小姐，她的眼神是有所覺悟的人才有的。阿斯塔蒂家被迪奧多拉害得失去信用，她大概是想盡可能為家裡爭取聲望吧。

莉雅絲確認過後，用力點了點頭。

「我明白了。那麼，我們來找兩位想作為據點的地方吧。我已經拜託我和蕾維兒專屬的房屋仲介了，我們去找房子吧。」

見識過兩人的決心後，莉雅絲這麼說。

拉緹雅小姐和伊琉卡小姐聽了莉雅絲的發言，也露出笑容。

——這時，拉緹雅小姐看向我這邊，對我這麼說：

「兵藤一誠先生。我可以和你的眷屬愛西亞．阿基多小姐見一面嗎？」

「咦？可以啊，我去問問愛西亞好了。」

聽我這麼說，拉緹雅小姐一臉認真地如此表示：

「身為阿斯塔蒂家的繼任宗主，我想為之前的繼任宗主迪奧多拉的卑劣行徑向她致歉。還有當時的『國王』莉雅絲小姐，以及現在的主人兵藤一誠先生也是，還請兩位讓我鄭重道歉。」

拉緹雅小姐如此表示，和她給人的高傲印象正好相反，對應的態度十分誠懇。

突然聽到這些讓我相當驚訝——但莉雅絲對我耳語。

（拉緹雅是個好孩子。乍看之下，她身上的氛圍讓人不太容易親近，不過她和阿傑卡・別西卜陛下一樣，完全沒有階級造成的歧視意識。大概是分家的教育使然吧。）

這樣啊。所以她只有外表高傲，本性是個大好人嘍。

阿斯塔蒂家的分家，在貴族社會當中也和吉蒙里家、西迪家一樣是屬於自由主義派吧。

聽了這些，我——

「我明白了。我這就去找愛西亞問問看。」

如此爽快地答應，然後去找愛西亞了。

——儘管也有這麼一幕，我和莉雅絲、朱乃學姊、蕾維兒，就這麼開始幫拉緹雅小姐和伊琉卡小姐找據點——找房子了。

迎接拉緹雅小姐和伊琉卡小姐，在兵藤家小小開了一下茶會（也兼向愛西亞賠不是）之後，我和莉雅絲、朱乃學姊、蕾維兒還有潔諾薇亞（因為對於找據點有興趣就跟過來了）等五人，帶著四位客人，前往吉蒙里家和西迪家，甚至連墮天使組織神子監視者都是常客的房仲業者。

那家房仲在附近的車站也有，包括駒王町在內，在這一帶有好幾間分店，基本上的業務是為普通人類介紹物件和土地，但在和吉蒙里及西迪、神子監視者開始來往後，好像也開始和具備異能的人類，還有非人者進行交易了。

如此這般，我們來到了最近的車站前面的「明王不動產」。我在和莉雅絲對話時也聽過這間不動產幾次，這個名稱真的很容易讓人聯想到不動明王。

我們走進裡面，中年的男性分店長便出來接待。

「是莉雅絲小姐啊。歡迎光臨本店。」

「貴安，店長。我帶之前提過的客人來了。」

「好的，那麼請往裡面走。」

我們被帶到內場……應該說是地下的一個房間。

據說是因為白天有普通人類會來，所以異能力者和非人、超自然的生物都會帶到專用的房間來接待。

在前往地下的途中，店長說：

「關於地下的會客室，除了吉蒙里小姐之外，阿撒塞勒先生也出了不少錢。我真是作夢也沒想到，這裡居然在一夜之間就變成了有地下室的店鋪。唉，各位超自然人士能夠用不可思議的力量一夜變造物品，我們房仲和建築公司都不用混了。」

我們邊聽著這種非人者常見的狀況，走進了地下的房間。

……也是，趁人家睡覺的時候可以把透天樓改建加蓋成地上六樓地下三樓的大豪宅，惡魔和墮天使就是這麼誇張。從房仲的觀點來看，設置那個情色房間大概也是匪夷所思吧。

來到寬敞的地下會客室，我、莉雅絲、朱乃學姊、蕾維兒、潔諾薇亞、拉緹雅小姐（與男性「騎士」）、伊琉卡小姐（與女性「騎士」）坐了下來，由店長先生和一名年輕的男員工一一分發資料給我們。

「我根據事先得知的資訊，先挑選了幾個備案。」

拉緹雅小姐陣營與伊琉卡小姐陣營各自過目資料。莉雅絲和蕾維兒也邊看著資料邊表示「這個是那個吧」「是啊，差不多就是那樣」之類的彼此討論。

我也瀏覽著資料……但即使看了平面圖，我也只知道空間是大是小！上面也寫了土地的大小還有距離車站幾分鐘、內附的設備有什麼等等的資訊……可是我對這方面的事情太陌生了，所以不知該說些什麼。

現在用的「兵藤一誠眷屬」專用辦公室也只是阿撒塞勒老師讓給我的地方……

——這時，一旁的潔諾薇亞一臉認真地看著房子資訊。

「妳看得懂嗎？」

我這麼問。

潔諾薇亞帶著凝重的表情說：

「我想看懂。這種資訊將來肯定派得上用場。」

原來如此。說得也是。我好像也想看懂了。潔諾薇亞還真是熱衷於學習啊。

「這間房子——」

拉縹雅小姐和伊琉卡小姐詢問房仲先生。

「是的，這裡——」

店裡的人也一一因應，詳細回答。

看房屋資訊看到一定程度後，莉雅絲問拉縹雅小姐和伊琉卡小姐。

「如何？」

被這麼問的兩位回答。

或許是沒有吸引她的房子吧，拉縹雅小姐說：

「我對不動產原本就沒什麼概念，更何況人類世界的價值觀也很重要，所以無法一概而論……不過只看資料也找不到『就是這個』的房子呢。」

接著換伊琉卡小姐開口道：

「總之有個最低限度的條件，附近沒有教堂或是這個國家的寺廟神社的地方應該比較好。」

也是呢。她們是惡魔，附近有教堂或寺廟神社的話在許多方面都不太好。話雖如此，三大勢力已經和平結盟，勢力之間的糾紛也沒以前那麼多了……但要說會不會介意，還是會有點吧。我的辦公室附近也沒有那些地方，阿撒塞勒老師在弄到那個地方的時候大概也考慮到那方面的事情了吧。

店長說：

「是的，這是當然的，這次給各位看的資料全部都排除了那些設施，請各位放心。」

喔喔，不愧是莉雅絲和阿撒塞勒老師常來的地方。那些事早就考慮進去了是吧。

蕾維兒對拉緹雅小姐和伊琉卡小姐說：

「我對房屋資訊也不是特別清楚，不過要在人類世界成立據點的話，還是離車站近一點比較好。無論有沒有車都比較方便。」

「離車站多近比較好？」

伊琉卡小姐問蕾維兒。

「大樓的話十分鐘以內最好。獨棟的話，大概是十五分鐘以內。」

「嗯——高樓大廈之類的地方是不錯，不過在人類世界有獨棟房屋好像也不錯。」

拉緹雅小姐用扇子抵著下頷這麼說。

蕾維兒回答。

「如果要購買獨棟房屋，距離車站超過十五分鐘的話資產價值也會變低，要賣出時在房屋資訊網站上也很容易被刷掉。大樓的好處在於安全性高，但購買的話之後得加入大樓的管理委員會——」

蕾維兒大概對這方面的資訊也很清楚。她回答起拉緹雅小姐和伊琉卡小姐的問題簡直不輸給房仲業者。

莉雅絲忽然對我耳語。

（那都是為了你而儲備的知識。）

（我知道。真是太令人感激了。）

我非常佩服蕾維兒。之於我而言，她是最棒的經紀人！

忽然，莉雅絲問店長。

「店長，有沒有什麼建物和土地本身相當優良只不過是凶宅的房屋？」

「有、有啊。當然有。」

「有的話，麻煩把那些資料也給我們看看。無論是多麼凶惡的凶宅都無妨。還有，可以把廢棄工廠、大樓之類的資料也給我們看就更好了。」

蕾維兒對此顯得相當感興趣。

「原來如此，凶宅是吧！」

潔諾薇亞也相當積極。

「喔喔，還有這招啊。我在教會探員時代也經常前往凶宅。其中確實也有一些放著讓人不敢靠近、很可惜的優良建物和土地。」

男性員工回一樓拿了凶宅的資料過來，發給我們。

喔，有離車站很近的大房子呢。啊！這根本是豪宅了吧。這麼說來，我在學校也聽過傳聞，說隔幾站的地方有知名的鬼屋，還有鬧鬼的廢工廠之類的地方。

看過凶宅的資料後，拉緹雅小姐和伊琉卡小姐好像各自找到感興趣的地方了。

「這間宅邸很不錯呢。」

「這棟大樓或許可以。」

就像這樣，拉緹雅小姐看上了大宅院型的鬼屋，伊琉卡小姐則是對一棟大樓很感興趣。

確認她們的選擇後，店長一臉害怕的表示。

「阿斯塔蒂小姐選的那間宅邸，以當初建造的資產家為首，搬進這裡的人都受靈異現象所擾，最後都沒什麼好結果。懷著試膽心態闖進去的人有的說看到鬼，有的說看到怪物，之後還產生了原因不明的身體不適，在我們管理的房屋當中也是屬於最凶惡的層級。」

接著男性員工為我們說明大樓的部分。

「這棟大樓就連靈媒大師都不願意靠近，在這裡開過店的人全都表示有長髮女子和小孩的幽靈跟著自己。本店員工也在負責這裡後開始表示有原因不明的身體不適，後來還說『有女人攻擊我』、『有小孩在陰暗的角落看著我』之類的，弄得精神耗弱而進入相關的醫院……」

宅邸和大樓都是真的有問題啊。幽靈造成的靈異現象……詛咒？被附身也未免太可怕了吧……

在我想著這些的時候，莉雅絲看著我的臉輕輕笑了一下。

「一誠，你聽了剛才那些有點害怕對不對？」

「我原本是人類，聽了鬼故事當然會怕嘛。不過……那種東西和我們——和惡魔沒有關係對吧。」

我露出苦笑，並這麼說道，莉雅絲便用力點了點頭。

「沒錯。我們可是和傳說中的龍還有其他勢力的神級存在戰鬥至今。無論是怨靈還是怪物，事到如今都不算什麼了吧。」

朱乃學姊「呵呵呵」地輕聲笑著接話。

「大概就是我們一邊為房屋除靈，一邊看房這樣吧。」

潔諾薇亞也興致勃勃地說了。

「用聖劍驅除惡靈是我的拿手好戲。」

蕾維兒也點頭表示。

「我很懷疑有怨靈能夠對付這麼多上級惡魔，不過我們去看看吧。」

——於是，在大家達成共識之後，一直以來對付過許多怪物和神祇的我們決定去對付寄身於凶宅的幽靈了。

在房仲業者的帶領之下，我們首先來到拉緹雅小姐感興趣的宅邸。

明明離車站沒有很遠，土地卻相當寬廣，庭院也很大，周圍也蓋了相當高的圍牆。我們打開優美的大門，走過庭院，站到寂寥的宅邸前面。

喔喔，我感覺到宅邸裡傳出不好的氣息。從性質看來應該是惡靈或妖怪。

「嗯嗯嗯，感覺有不好的幽靈喔。」

望著宅邸這麼說的是伊莉娜。潔諾薇亞說「來幫忙我們打鬼」就把她叫了過來。

「我姑且也跟來了。雖然不知道派不派得上用場。」

愛西亞也跟著伊莉娜來了。

年輕的房仲男職員心驚膽戰地看著宅邸說：

「我想這裡應該已經有五年沒住人了。原則上，我們會定期請人來清潔室內和整理庭院……但業者也不太願意踏進這座宅邸……我們已經換過好幾次清潔公司了。」

意思是光是清潔業者來打掃就會碰上靈異現象嗎？

聽他這麼說，莉雅絲表示：

「我認識一個很棒的清潔工，回頭再介紹給你們。他應該會在打掃的時候也順手處理一下惡靈才對。」

啊，某個拿著聖槍的清潔工浮現在我的腦中。的確，如果是那傢伙，既會幫忙打掃，也可以輕鬆掃除幽靈。

我們一邊進行這樣的對話，一邊開始了除靈＋看房的行動。

首先我們從玄關進去。雖說怎麼樣也比不上現在的兵藤家的玄關，但也夠寬敞了。

「哎呀，比我原本以為的還要狹小一點，不過氣氛倒是不錯。以人類世界的據點而言，這種程度的大小應該也夠了吧。而且還有庭院。」

拉緹雅小姐也看了玄關，似乎還算滿意……這樣還覺得窄小喔，真不愧是上級惡魔家的公主！

忽然間，有個不尋常的影子出現在我的視野角落。二樓的牆壁邊緣，有個不是人類的存在探出頭來……啊，是落敗武士的幽靈。瞧他的神情並不像是想詛咒我們，反而是一臉畏懼地看著我們。對方大概也知道我們的真實身分——這群來訪者的層級都在上級惡魔以上。

看見那個幽靈，潔諾薇亞把聖劍杜蘭朵扛到肩上。伊莉娜也拿出聖劍奧特克雷爾。

「嗯。好像是這個國家的古代武士？去拜託他跟我比試一下好了。咱們上，伊莉娜。」

「願上帝憐憫化為惡靈的武士先生！阿們！該說的臺詞姑且還是得說一下！」

說著，潔諾薇亞和伊莉娜便衝上二樓。

「潔諾薇亞、伊莉娜，不可以釋放劍氣喔。盡可能低調一點。」

莉雅絲對衝上二樓的潔諾薇亞和伊莉娜這麼說。

「「遵命！」」

潔諾薇亞和伊莉娜如此回答後，諸如「噫——————！」、「是西洋的惡魔——————！」、「天使好可怕——————！」之類的疑似惡靈們發出的慘叫聲便立刻從二樓傳來……是惡靈在慘叫耶。也對，被手握傳說聖劍的惡魔與天使攻打的話，任誰都該害怕吧。

我們就在這樣的狀況下繼續看房，看過寬敞的起居室，也檢查過廚房等處的用水設備。設備都沒有任何問題。

途中還遇見了典型的江戶時代型女鬼，點起鬼火唸著「我好恨啊～」微舉下垂的雙手從視線的死角現身，不過當莉雅絲燃起氣焰注視著她——她立刻表示「……我、我不恨了……」並且迅速離開。

我們上了二樓，正打算確認樓上的房間時，我不經意地抬頭一看，發現了一隻倒掛在天花板上，上半身是女人、下半身是蜘蛛的妖怪——絡新婦，只是……

她一看見我們，淚水立刻在眼睛裡打轉，直說「對不起對不起！只求各位饒我一命！」不斷求饒。害我覺得她有點可愛。

這樣我們連打鬼殺妖的心情都沒了。

我對蕾維兒說：

「……我們對惡靈來說有那麼可怕嗎？」

「這個嘛……站在對方的立場，看到的不是凶惡的人型龍族，就是魔王，大概是這種感覺吧。平常都像正常的鬼故事一樣面對普通人，結果突然被最終頭目殺了進來，差不多就是這種狀況吧。」

……鬼故事要是變成「鬼屋VS赤龍帝&魔王的妹妹」這樣的話，類型早就已經不能算是鬼故事，而是奇幻故事了吧……

拉緹雅小姐一邊確認房屋裡面的狀況，一邊說：

「莉雅絲小姐，這裡的幽靈還有類似的各位或許不需要驅除也沒關係呢。」

——她說出了這種令人意外的話語。接著，拉緹雅小姐又這麼說了下去。

「這裡成為我的據點時可以把他們當成傭人。」

她竟然連同惡靈＋妖怪把整間宅邸都買下來了！真是大膽又豪邁！

接著是伊琉卡小姐的據點。

她想要的是一棟已經變成廢墟的大樓。有六層樓高。每個樓層都沒有開店。據說承租店家全都逃走了，長久以來都在唱空城計。靈媒也都嚇得不敢靠近，就連房仲的員工也受到詛咒，是出過不少問題的地方。

大樓在深入車站附近的鬧區的地方，沒什麼人煙，即使是大白天仍繚繞著陰暗的氛圍。大樓本身散發出令人不悅的氣息——的狀況倒是沒有。

『奇怪？』

我們異口同聲地這麼說，歪頭不解。

……根據情報指出，這裡應該有長髮女鬼和鬼小孩在作祟才對……我從大樓的外觀卻感覺不到像剛才的宅邸那般令人毛骨悚然的氣息。

莉雅絲疑惑地詢問男員工。

「這裡應該已經除靈過了吧？在我們之前是不是有帶誰來過這裡，你可以查一下嗎？」

「咦！真、真的嗎！稍、稍等，我向店裡確認看看！」

員工拿起手機向店裡確認。

不久之後，員工表示：

「據說，去年帶阿撒塞勒先生來看過這裡的樣子……當時好像花了兩週左右，在這裡進行祕密的除靈儀式。」

『…………』

聽到阿撒塞勒老師的名字，我、莉雅絲、愛西亞、朱乃學姊、蕾維兒、潔諾薇亞、伊莉娜幾個面面相覷了起來！

到了這個節骨眼，居然聽見阿撒塞勒老師的名字！我是知道他和明王不動產有來往……除靈——的部分倒還無所謂。但是，神子監視者的前總督，只是除靈的話需要花到兩週這麼久嗎？有沒有惡靈的力量強到足以咒殺墮天使的前總督也很令人懷疑就是了！他只要有個幾秒鐘就能消滅惡靈了吧。運用光力從指尖「嗶」一下發出光線就好了。

——既然如此，老師肯定在這棟大樓搞了什麼鬼！

伊琉卡小姐絲毫不放在心上。

「總之我想看看，先進去再說吧。」

就這麼走進大樓裡面！

我們也跟在她後面，一腳踏進去……一樓好像很普通。我們就這麼陪著伊琉卡小姐開始看房，一樓一樓往上爬。

各樓層的空間當然都空無一物。伊琉卡小姐每看一層就說著「這裡可以擺那個——」、「那張桌子就放這層樓——」之類的，語氣完全就是一心要買下來的樣子。看來她相當中意這裡。

我們這些住在兵藤家的成員，因為擔心阿撒塞勒老師不知道會在哪裡設下很那個的惡作劇，於是一邊提高警覺一邊來到頂樓。

可是，一直到六樓都沒有什麼特別的——

如果阿撒塞勒老師要買這棟大樓，想依自己的喜好改建的話會挑哪裡？我如此思考著。

……老師給我的那間辦公室是設置在補習班。要前往辦公室必須搭電梯——

我一時興起，走進設置在這棟大樓的電梯裡。我注視著選擇樓層的控制面板——上面的按鈕。

……因為如果是阿撒塞勒老師，感覺會在這裡設機關。

我在按鈕附近摸索了一陣子，發現控制面板一部分有機關……於是試著滑動了一下，沒想到！居然冒出了「Ｂ５」的標示！看吧！我就知道，老師果然在這棟大樓設了機關！

「莉、莉雅絲、蕾維兒！果然有了！」

我叫了夥伴們和拉緹雅小姐、伊琉卡小姐，給她們看電梯的機關。

莉雅絲一邊狐疑地看著一邊說：

「這、這是有地下五樓的意思吧？」

朱乃學姊嘆了一口氣。

「這表示那個人在這棟大樓的地下搞了什麼鬼吧……？受不了，老是做這種事……」

在有人傻眼的同時，伊琉卡小姐——原本的撲克臉不知為何產生了大轉變，眼睛興奮不已地閃閃發亮。

「這棟大樓裡有阿撒塞勒前總督的惡作劇！」

啊——原來這孩子是喜歡這種東西的那類人啊……

總之，也為了調查老師留下來的惡作劇，我們前往地下五樓。

「……這、這棟大樓不知不覺居然冒出地下五樓來了……」

房仲員工只能困惑不已。也、也是，凶宅突然冒出地下樓層來，確實是該困惑。

隨著這樣的小插曲，我們下到了地下五樓。

裡面很暗。我們惡魔在晚上也看得清楚是無所謂，但總之為了點燈，我們開始找開關。

不久後，潔諾薇亞找到疑似電燈開關的東西，「啪」一下按了下去——

看見眼前冒出來的東西，我們大吃一驚！

出現在那裡的是由金屬零件組成很有機械感的龍！外型和法夫納一模一樣！是機械法夫納嗎！

看見這個東西，莉雅絲、愛西亞、朱乃學姊似乎都有印象，放聲叫著「啊——這是！」

莉雅絲說：

「這是愛西亞在和法夫納締結契約的時候，阿撒塞勒準備來當對手的東西。」

朱乃學姊接著說了下去。

「他是盜用神子監視者的研究費打造出這個東西來的。這應該在那場模擬戰鬥中壞掉了才對……既然是修理好的狀態，就表示他又A錢了……」

那件事我也聽愛西亞提過。這樣啊，這就是在和法夫納締結契約時用到的機械龍。

愛西亞也看著這個，然後說：

「是在那時候很照顧我的機器人先生呢。」

啊，軀幹上標著「Mk-II」！這傢伙是機械法夫納第二代嗎！老師又盜用神子監視者的錢，在這棟大樓地下打造這種東西……

現任神子監視者總督歐穆赫撒先生知道了，應該會生氣吧……

好了，找到這種東西也就算了，接下來該怎麼辦才是問題……總之先聯絡神子監視者再說。正當我這麼想的時候——突然，機械法夫納的眼睛亮了起來！

動、動起來了！

機械法夫納Mk-II以閃閃發亮的眼睛看著驚訝的我們……主要是女性成員們。

然後，機械法夫納發出機械式的語音。

『——小、小、小、小、小小小小……』

小？

『——小褲褲，please。』

『——！』

機械法夫納MｋⅡ的語音令我們為之驚愕！

——小褲褲please咧！

莉雅絲說：

「之、之前的機械法夫納可沒說過這種話。」

那、那麼，老師是在打造MｋⅡ的時候新加了法夫納的特色嗎！

這時，機械法夫納MｋⅡ身上的各個部位忽然開啟，從裡面——射出了看似鋼絲的東西！

高速射出的鋼絲瞬間飛入以莉雅絲為首的女性成員們的裙子……裡面，然後立刻縮了回去！

除了潔諾薇亞和伊琉卡小姐以外的女生們都「呀！」一聲地發出可愛的尖叫，壓住裙子卻無濟於事，機械法夫納MｋⅡ早已完成了工作。

縮回去的鋼絲末端的手型零件上握著女生們被扯破的內褲！

——莉雅絲她們的內褲被搶走了！

女生們邊壓著裙子邊忍受著恥辱，同時以充滿殺意的眼神看向機械法夫納ＭｋＩＩ。

機械法夫納ＭｋＩＩ只是……

『小褲褲，gets。』

以機械式的語音這麼說！

莉雅絲和蕾維兒滿臉通紅，火冒三丈地對我大喊。

「一誠！」

「一誠先生！」

「「快把這個東西打壞！」」

莉雅絲和蕾維兒的聲音重疊在一起了！其他女生們也呼應了她們（伊琉卡小姐倒是有點開心）。

不過這也是應該的！未來的老婆們的內褲被搶走……正確說來是被扯破，這樣我也不能坐視不管。

我也瞬間變成鮮紅鎧甲的狀態，對著機械法夫納ＭｋＩＩ放話。

「竟敢扯破我未來的老婆們，還有老婆朋友的內褲！應該說，既然你是仿造法夫納打造而成，更不應該扯破內褲！那傢伙可是享受內褲最原本的風貌的龍啊！」

我一面提升氣焰，一面如此宣言。

就近看著這一幕的拉緹雅小姐說：

「這就是大家說的胸部龍看似帥氣時則充滿色心的宣戰臺詞吧。」

……這句話真教我不知道該作何反應，不過說的也沒錯！

聽了我的宣戰，機械法夫納Ｍｋ－Ⅱ進入戰鬥態勢。

『小褲褲，不交給任何人。寶物。』

唔！連對內褲的執著也偷偷重現了是吧！不對，我不想承認這種會扯破內褲的傢伙是內褲龍！

就在這時，我察覺到有個傢伙散發出比我們還要強烈的壓力和氣焰。

不知不覺間，被召喚出來（擅自跑出來？）的黃金龍君（Gigantis Dragon）法夫納出現在我們身後！

龍王法夫納散發出凌人的氣焰，閃現凶光的眼睛也亮起危險的顏色，對機械法夫納Ｍｋ－Ⅱ怒目相視。

『竟敢扯破小愛西亞的小褲褲！竟然扯破了！小褲褲，不是應該扯破的東西！是應該在剛脫下來的時候心存感激地收下的東西！』

儘管氣焰和發言中充滿了震撼力，內容卻是只有性癖，讓人聽不下去，然而法夫納憤怒到足以稱為逆鱗狀態倒也是事實！

在對上李澤維姆和克隆．庫瓦赫的時候牠都展現過這種狀態，只是我還真沒想到，牠居然會因為這種事而呈現出第三次！

『我要打壞你！』

『小褲褲，不給你。』

如此這般，在某棟大樓的地下，傳說中的龍王與第二代機械龍王為了內褲展開了激烈的戰鬥——

後來，拉緹雅小姐和伊琉卡小姐都決定在這一帶成立據點。

拉緹雅小姐挑了有怨靈和妖怪的宅邸，伊琉卡小姐挑了阿撒塞勒老師動過手腳的大樓，兩人各自將房子原封不動地買了下來當成據點。

至於在那棟大樓地下的機械法夫納……

那傢伙成功被我們（主要是法夫納）破壞，殘骸送到神子監視者去了。大概是因為發生過這種事情，我們神祕學研究社成員之間提出了兩個動議。

一個是嘗試由我們「D×D」來負責幫房仲業者處理他們手上的凶宅，另一個是——

莉雅絲在客廳對大家說：

「我想阿撒塞勒留下來的奇怪房屋肯定還有很多。我們要和明王不動產和神子監視者彼此合作，一一揪出可疑的地方。而且，我想應該還有類似機械法夫納的東西。」

『是。』

大家也都接受了這件事。

……說得也是，照這樣看來感覺很有可能還有機械法夫納ＭｋⅡ和ＭｋⅡ之類的東西。

正當我這麼想的時候，蕾維兒對我說：

「關於拉緹雅大人和伊琉卡小姐，兩位好像對這個國家的價值觀有些不解之處，所以晚一點我想去聽聽看她們的問題，一誠先生覺得呢？」

喔喔，那邊也有事情要處理啊？

真是的，胸部龍得處理阿撒塞勒留下來的稀奇古怪的東西，還要保護內褲，還要和上級惡魔社交，事情多到令我覺得未來還有諸多險阻啊！

好吧，處理凶宅的時候，順便找個美少女幽靈好了！

我一如往常地想以正向思考面對各式各樣的請求——

惡魔高校D×D

織田信奈的野望 全國版

特別聯名短篇

於咖啡廳「C×C」

莉雅絲：「一誠，你在念日本史？」

一誠：「是啊，莉雅絲，就是這樣。因為考試也快到了。」

莉雅絲：「戰國時代啊……這麼說來，看到織田信長就讓我回想起那些孩子。」

一誠：「咦……啊——確實有過那麼一回事呢。」

《織田信奈的野望　全國版》是？

「——這裡是哪裡！」

高中生相良良晴回過神來發現自己在戰國時代，
而且還身在戰場的正中央！
這時他遇見的是，以傻瓜之名
享譽天下的織田家宗主。好勝又不按牌理出牌，
是個總是不把和服穿好又扛著種子島的……美少女！

「信長是誰啊？我的名字是織田信奈。」

以足輕的身分侍奉織田家的良晴，
全力活用他的戰國電玩遊戲知識，在戰國世界逐步發跡！

作者：春日みかげ　插畫：みやま零

打著「天下布武」口號的尾張公主大名。具備放眼世界的行動力及發想力。

從現代來到戰國時代的高中生。以透過戰國電玩培養出來的知識輔佐信奈。

侍奉良晴的軍師，渾名「今孔明」的天才。極度怕生。

和半兵衛一樣侍奉良晴的天才軍師。視半兵衛為競爭對手，缺點是經常棋差一著。

天資聰穎，擅使槍砲的公主武將。通稱「十兵衛」。有著容易得意忘形又不太會看場合的一面……

以織田家第一武勇著稱的巨乳公主武將。通稱「六」。頭腦簡單，個性單純。

身材嬌小，在織田家卻是與勝家並稱的武鬥派。愛吃外郎糕。

Bonus Life.1 戰國☆胸罩

作者：石踏一榮

事情發生在社團活動開始之前，我去校外採買的時候。

「我覺得還是這個敞開和服的姿勢比較……！」

「不不不，這個超迷你裙護士服也不能放過吧。」

我在便利商店的雜誌區遇見一個正在物色成人書刊的外校男學生。我們拿著同一本雜誌以同樣的速度翻閱起來，在同樣的地方露出色狼臉「呼呼呼」地笑，於是我們開始意識到彼此，最後終於聊起情色話題來了。

「嗚呼呼！三角運動褲果然是永遠的極品啊！」

「舊款制式泳裝才是，我覺得直到世界末日都會有人愛！」

「無論如何，胸部還是要大比較有看頭！」

「對啊，當然是這樣！不對，可是，有些時候是大小剛好會比較均衡吧。」

「說得也是。胸部——」

「不分貴賤！」

「這麼一來，臀部和大腿的均衡才是重點——」

「安產型也很好，小巧的屁股也——」

平常能聊情色話題的男性朋友就只有松田和元濱，那兩個傢伙的想法和喜好我都知道得一清二楚了，事到如今也沒有什麼好聊的。不過，和剛遇見不到幾分鐘的外校男生聊情色話題卻開心得不得了！

我忍不住脫口而出。

「哎呀——我平常沒什麼可以聊情色話題的男性朋友，雖說是在便利商店的雜誌區遇見的人，不過能這樣聊真的很新鮮。」

那個男生揚起嘴角一笑。

「我最近也沒什麼機會和男生聊這種話題，所以也獲益良多。我現在經常得陪女生很多的團體一起行動，那方面的話題幾乎都不能提。」

「我的處境也很類似吧……在女生很多的團體裡要大搖大擺地談論這方面的事總是不太方便。」

我和外校色狼相視苦笑。

就連一邊嘆氣一邊把雜誌放回架上的動作也一樣。啊，果然，他也處於不能隨便買這種書籍的立場吧。我也一樣。要是買了這個回家，大家就會拿雜誌大做文章問東問西，我根本沒辦法好好欣賞A書。

……被一大群女生圍著問我的性癖，乍聽之下好像很開心，但其實出乎意料的有令人難受的部分……！

——這時，店員開始忍不住偷瞄我們這邊。看來待太久了。

「對了對了，我其實是來買這個的。」

男生拿起遊戲雜誌直接去結帳。我也拿著裝了商品的購物籃去收銀台。兩人都買完東西以後，我們就這麼一起走到半路上。

男生說：

「其實啊。我今天也得陪剛才提到的那群女生一起行動，才千里迢迢來駒王町這邊。」

「是喔，這樣啊。那群女生呢？」

「帶頭的那個女生說什麼『我們要去有很多女生的學校，所以你不能跟』，叫我在附近的漫畫咖啡廳等她們。唉～聽說那個學校有很多女生，我原本還很期待，結果她堅持叫我『不准跟』……可惡！就然有那麼多女生的話，看一下又不會怎樣！」

男生垮著肩膀，一副心有不甘的樣子。

嗯嗯，我懂，我懂啊！既然聽說是女生很多的學校當然會想去！

男生又說了。

「算了，反正她們說有什麼事的話會打手機聯絡我，我想說就去漫畫咖啡廳一邊看遊戲雜誌，一邊打參天堂VIITA的《女信長之野望》之類的。」

「打啊，主流遊戲大概都碰過。比較擅長的應該是賽車遊戲吧。當然，還有色色的遊戲。」

「是啊！我最擅長的領域！你也打電動嗎？」

「歷史戰略遊戲啊。」

「我也喜歡色色的遊戲！」

我們熱切地用力握了手後，在斑馬線分開。男生過馬路到對面去後，放聲吶喊。

「你叫什麼名字？」

「兵藤一誠！你呢？」

「我叫——」

在他吶喊之際，身旁剛好有大型車輛經過，讓我只能聽到「相」和「晴」兩個音。

「再見！」

男生只留下這句話便離開了。

……相……晴？不對，再怎麼樣也應該是有「相」的姓和有「晴」的名字吧。

不過，怎麼說呢。也是去便利商店採買才能有這麼一段美好的緣分。真想和那個男生再好好聊一下情色話題！

我一邊這樣想，一邊往駒王學園走去。

我是兵藤一誠。或許看不出來，但我是上級惡魔莉雅絲・吉蒙里眷屬當中的「士兵（pawn）」，還是個惡魔。

在我來到舊校舍前面的時候。

「哇——校舍還真老舊呢。」

「公主殿下，這好像是舊校舍。另外一邊也有雄偉的校舍喔。」

「不過，氛圍相當古色古香呢。九十分。」

像這樣在舊校舍前面一邊仰望建築物一邊交談的是——一群外校女生！其中也有看起來像小學生的小朋友和看起來像大學生的大姊姊，不過站在中心的是個髮色帶點褐色，身穿水手服的高中女生。

哦哦，全都是美少女和美女！但她們一群外校學生在舊校舍前面有什麼事啊？

——這時，黑長髮的少女發現了我，大步走了過來。

「嗯！公主殿下，請看！這裡有個一臉好色簡直和相良學長不相上下的男生！」

「這、這種猥瑣的神情確實很像那個傢伙。」

就連那個隔著水手服也能清楚看出胸部很大的女生都這麼說我！馬尾配巨乳配水手服簡直絕配！

害我的視線動不動就往胸部飄。馬尾高中女生用手遮著胸口，淚眼汪汪地說：

「不、不准用那種好色的視線看我的胸、胸部！」

我的眼神就是這麼好色，非常抱歉！也不知道是男人的天性，還是我的習性，只要眼前有大胸部我就會忍不住看過去！

髮色帶著褐色的高中女生一面安撫馬尾妹，一面問我。

「你是這間學校的人對吧？我們是聽說這棟舊校舍裡有個紅髮的女人才來到這裡……莫非，你是會在這裡進出的人嗎？」

是莉雅絲的客人啊。有外校學生來作客還真稀奇。

「喔，對啊，說到紅髮的話，大概就是莉雅絲……社長了吧。不然，我去叫——」

正當我說到這裡時，一抹紅映入我的視野。

因為紅髮美少女莉雅絲和副社長朱乃學姊出現在舊校舍的入口。高中女生她們似乎也察覺到我的視線，順過去看見了莉雅絲她們。

「——是的，那位就是掌管這棟舊校舍之主，神祕學研究社的莉雅絲．吉蒙里社長。」

莉雅絲和朱乃學姊嫣然一笑，對她們說道：

「歡迎來到駒王學園。好了，進裡面來吧。」

如此這般，我們和神祕的高中女生團隊就此展開對話。

眾人聚集在社辦裡面。

我們這邊是神祕學研究社成員全數到齊。她們那邊是以微褐色頭髮的女生為中心，有三個高中女生、一個大學女生、國中生和小學生也各一位的陣容。

我們吉蒙里眷屬——惡魔，會以人類世界的固定地區為地盤而行動。惡魔主要的行動是接受人類的召喚，實現他們的願望。比方說，如果許願想成為有錢人，我們就會收取相應的代價來實現願望。也就是所謂的等價交換。說到惡魔就會想到收取靈魂作為代價來實現願望，不過現代會許那麼重大的願望的委託人已經很少了。

再說，最近的人類並不會想到要花那個工夫畫魔法陣來召喚惡魔。號稱經濟大國的現代日本根本不會有人做那種不科學的事情。所以我們會在街頭發放畫好魔法陣的傳單給看起來有慾望的人類，等待對方召喚我們。

我想，這群高中女生也是看到傳單才知道我們的吧。

幫客人們泡完茶的朱乃學姊在位置上坐下後，我們這邊的人便開始自我介紹。介紹完以後，莉雅絲示意要朱乃學姊說明事情的開端。

朱乃學姊表示：

「其實是這樣的，我有幾位客人說無論如何都想見莉雅絲社長一面直接拜託她，我試著問了事情的原委後，認為是非常有意思的案件，才邀請了她們幾位過來。」

啊，所以是朱乃學姊的顧客嘍。

莉雅絲接著說：

「她們說想就近見惡魔一面。於是我稍微問了一下她們的狀況，發現真的非常有意思，所以才邀她們過來這裡。」

我原本還覺得這麼開誠布公地昭告惡魔的存在真的好嗎……但看莉雅絲的眼神那麼閃閃發亮，我想那種事大概已經無所謂了吧。

微褐色頭髮的高中女生正式向我們打招呼。

「初次見面，敝姓織田。其他人都是我的朋友和小妹。」

在織田的催促之下，剛才的巨乳女孩向我們點頭示意。

「我是柴田。我和公主……不對，和織田同學念同一間學校。」

然後輪到大學生大姊姊微笑著說。

「敝姓丹羽。是正在為了成為教師而奮鬥的大學女生。」

嗯，這位大姊姊的胸部也很大呢！巨乳大學女生真的很讚！

「「……眼神太下流了。」」

同時這麼說的——是小貓和對面的小學女生！她和小貓差不多一樣嬌小，戴著虎斑毛線帽。那個小學女生也點頭示意。

「……我是前田。是公主殿下的小妹。」

前田給人的感覺和小貓隱約有些相似。大口嚼著我們端出來當茶點的羊羹的模樣也和小貓一樣……是說，嬌小的小貓從外表看來也很像小學生……

「……你是不是在想什麼失禮的事情？」

小貓狠狠瞪了我一眼！我心裡在想什麼都瞞不過小貓大小姐！

第五個自我介紹的是朝氣十足地舉起手的黑長髮女孩。是剛才看著我的臉就識破我很好色的女孩。

「敝姓明智！今後請多多指教！」

最後……只剩下躲在前田背後的嬌小少女了。

織田輕輕笑了一下，對那個女孩說：

「快點，半兵衛。不打招呼的話很沒禮貌喔。」

織田如此催促，名喚半兵衛的女孩戰戰兢兢地來到我們面前。

「……嗚嗚。敝、敝姓竹中。是國中生。請多指教……」

……看她都快哭出來了，是不是很怕生啊？反應和我們家阿加還真像。加斯帕本人也說「我懂那個孩子的心情～～」表示同情。

話說回來，半兵衛這個名字還真稀奇啊。竹中半兵衛？不對，再怎麼說也應該是綽號吧？應該說，竹中半兵衛？我記得這是歷史名人的名字吧……難不成，因為她姓竹中，才被取了半兵衛這個綽號嗎？若是這樣的話，稱呼織田為「公主」的這群女孩的關係到底是……算、算了，針對綽號再怎麼多想也無濟於事……

在她們都打完招呼後，黑髮女孩——明智再次舉起手問我們。

「我聽說各位是惡魔，這件事是真的嗎？希望你們能拿出證據來讓我們見識一下！」

她的眼睛閃閃發亮，一副興致勃勃的樣子。莉雅絲微微一笑，然後默默把手伸到裝著紅茶的茶杯附近。

她發出紅色的氣焰，包裹住茶杯。織田等人也「喔喔！」地低吟，認真地看得入迷。莉雅絲舉起手，紅茶便脫離茶杯——只有液體被抽了出來，漂浮在半空中。接著一瞬之間，紅茶化為紅色的冰塊。

這是惡魔的特技——魔力。這種非人者的力量也是魔法師所使用的魔法的源流。憑藉這種能力，惡魔能實現任何超自然現象。

看見這個現象，織田等人紛紛表示「喔喔！」、「好厲害！」無不讚嘆。

我轉換話題，問了織田她們：

「話說回來，有高中女生想了解惡魔還真是稀奇呢。」

「告訴我們有惡魔存在的是這位半兵衛。」

織田看向竹中。儘管顯得提心吊膽，竹中依然開口：

「……嗚嗚。其、其實，我們家是陰陽師世家……出生後就知道有非人者的存在……該怎麼說呢……這樣就不用多作說明了，看來她們是相信有惡魔的。由於她們這群人中有竹中這個知道有惡魔和非人者存在的人，剛才的問題大概是想確認我們是不是真正的惡魔吧。

「然後呢，半兵衛是這麼說的。『隔壁縣的惡魔公主殿下或許願意告訴我們任何事情』這樣。所以我才想或許能夠解開我——不，是我們家長久以來一直追尋解答的謎團。」

從隔壁縣來的啊……話說，對日本這些知曉隱匿之事的人而言，我們的隊伍到底有多知名啊？我忽然冒出這個疑問。

竹中戰戰兢兢地說：

「嗚嗚，我、我認識一位在這個城鎮工作的修女小姐……她經常告訴我關於這方面的情報。」

「修女？是誰呀？」

聽到是修女，伊莉娜歪頭這麼問。大概同是教會出身讓她很好奇吧。

「是一位名叫露易絲的金髮修女。非常漂亮，身材也相當出眾。」

織田這麼回答。什麼，非常漂亮、身材也相當出眾的修女！害我也好奇了起來！

聽見這個答案，伊莉娜好像也恍然大悟。

「啊～露易絲修女。這麼說來，她對日本非常了解，所以日語也相當流利呢。」

有、有這麼一位修女在日本嗎！這下之後可得向伊莉娜好好問個清楚再去親眼確認了！

「……你在想色色的事情對吧？」

「……嗯，肯定沒錯。」

小貓和前田半瞇著眼瞪著我！總覺得今天被抓包的次數比平常還要多！因為有四隻眼睛在嚴格檢查吧！

——這時，織田改變話題，挺起胸膛說：

「其實，我們家是某個戰國大名的後代。然後，我有個煩惱，是關於我的祖先大人的事情。」

「那麼，妳想拜託莉雅絲社長的事情就是……？」

對於我的問題，織田用力點了點頭。

應該說，戰國大名……！織田的祖先該不會是歷史人物吧！……嗯？織、織田……？這麼說來，那位明智也是明智……？應、應該不會吧……

至於她們想拜託的莉雅絲本人則是——

「有意思。太有意思了。」

眼睛變得比剛才的明智還要閃亮。沒錯，莉雅絲最喜歡關於日本的事物了。說是她的興趣也不為過。她也有在收集相關物品。甚至到現在走在鎮上時依然會下意識尋找武士和忍者，她就是如此著迷。原本她之所以會對日本產生興趣也是因為受到她的哥哥，魔王瑟傑克斯．路西法陛下的眷屬——「騎士」沖田總司（前新撰組隊士本尊）的感化。

「對社長而言，日本武將的子孫怎麼可能讓她不好奇呢。呵呵呵。」

朱乃學姊藏不住笑意。的確，對莉雅絲來說，織田她們大概是求之不得的貴客吧。莉雅絲對她們的好奇心之強烈，大概已經到了很有可能無償為她們實現願望的地步了吧。

木場問織田她們。

「那麼，各位只是陪同織田小姐來這裡的嗎？是想來參觀？幾位之間是什麼關係呢？」

大概是對織田以外的成員也產生興趣了吧。她們不知道是來參觀織田委託的過程，還是和織田一樣有願望想實現。

木場的登場讓織田她們紛紛表示「哎呀，是型男」、「連聲線都很有型～」、「九十八分」等等，反應像見到男性偶像似的。唔！討厭的型男！能讓第一次見面的人留下好印象，果然不是蓋的！

織田說：

「我聽說有些武將和祖先大人的交情不錯，所以針對那方面也調查了一下。結果就發現那些武將的子孫中也有年紀幾乎和我差不多的女孩子們。於是我找她們聊了一下，不知不覺便志趣相投了起來。」

她們彼此相視而笑。

隔了好幾個世代，當時的成員又湊在一起了是吧。這樣更讓人感覺到她們的緣分有多麼深厚呢。

「呵呵呵，我還真沒想像過織田家的子孫居然會來找我搭訕呢。」

——丹羽如此表示。是啊，大概真的像她說的那樣。透過祖先的因素而找上自己這種事可不是出乎意料足以形容的。

織田露出苦笑。

「我原本是想說其他人家裡或許能挖掘到我想要的資訊，但經調查之後，結果還是什麼都不知道。正當我心想，這下無論得拜託神佛還是惡魔幫忙都只能求了的時候，就從半兵衛那邊聽到了傳聞——然後，之前出遠門時，當我走在這個城鎮的車站前面就拿到了魔法陣傳單。」

然後就召喚出朱乃學姊了是吧。原來如此、原來如此，這樣事情都串起來了。既然要召喚的話，召喚以隔壁縣作為地盤的惡魔不就好了嗎？我不禁這麼想。大概是察覺到我的心聲了吧，竹中嘟嘟噥噥地說道：

「嗚嗚，因為我聽說這裡的惡魔公主殿下是個非常非常溫柔的人。」

這倒是沒說錯！我們家莉雅絲是非常溫柔的惡魔！因為他們家族非常深情，基本上除非對方是壞人否則不會生氣。不過，之後還是得告知一下以織田她們住的地區作為地盤的惡魔才行。這種案例（傳單在別人的領域裡面發動）偶爾也會發生。

自我介紹及事情的來龍去脈都大致說明完以後，織田從書包裡拿出這次委託的核心。

「其實祖先大人留下了一樣東西讓我很好奇，也進行了調查。」

……是個老舊的木盒。盒子上有看似家紋的東西，老舊歸老舊卻也讓人覺得頗有風味。

織田原本正要打開木盒，卻突然紅著臉猶豫了起來。但她最後似乎下定了決心——

「就、就是這個。」

她打開木盒之後遞了出來，讓我們看見裡面的東西。

放在盒子裡頭的——是黑色的布片狀物體。是說，這根本是……織田害羞地拿起盒子裡面的東西，攤開來給我們看。得知那個東西的原貌後，神祕學研究社的成員們都稍微嚇了一跳。

——是一件黑色的胸罩！

「……這是內衣，是胸罩對吧？」

莉雅絲為了確認而這麼問。

織田點頭。在這些前提之下，她開了口。

「你們可不要嚇到喔。那是從戰國時代就在我們家流傳下來的東西。」

『戰國時代！』

這個真相令我們大驚失色！那當然了！從戰國時代世世代代流傳下來的東西——居然是胸罩！就算我對歷史再怎麼不熟也不覺得從那個時代開始就有胸罩了！不、不是，胸罩的原型當然會在世界歷史上的某個地方出現。但我不認為日本的戰國時代會有胸罩！

我越看越覺得，那個東西和現代的胸罩的外型並無二致。其實這是從戰國時代流傳下來的這件事本身是個謊言，是織田的父母之類的人開玩笑偷偷塞進去的，我不禁認為這樣的結果還比較自然。

「原、原來戰國時代就有胸罩了啊！」

愛西亞也相當驚訝。愛西亞來到日本之後針對日本學了不少，在歷史方面也熟悉多了。不過再怎麼說，從戰國時代流傳下來的胸罩還是出乎她的意料吧。

「不愧是經濟大國日本。在那麼久以前就已經建立起現代的標準了啊……」

發出低吟如此感嘆的是潔諾薇亞……她好像又產生了不必要的誤會，就先不管她了。

「看起來好像非常有價值。應該說，有種歐帕茲的感覺。」

羅絲薇瑟也興致勃勃地看著戰國時代的胸罩。

織田攤開胸罩說：

「關於這個，我調查了一下家裡的古老文獻，好像是黑天狗轉讓給祖先大人的東西。」

「黑天狗……」

天狗是吧。那應該是妖怪之類的那邊的系統吧。我們是惡魔，幾乎算是沒有交流。不對，我們去京都的時候見過妖怪就是了……

「……或許是指烏鴉天狗。長著黑色羽翼的天狗。」

小貓一邊和前田一起吃蛋糕，一邊這麼說……總覺得妳們好像很處得來呢。

「感覺像是小貓同學變成了兩位似的。」

蕾維兒也和我有著同樣的感想。

「話說回來，天狗……如果是這樣的話，京都的妖怪們可能知道得比我們還多也說不定。」

莉雅絲摸著下巴，做出了這個結論。我同樣想起了京都，或許是去問那邊比較快沒錯。畢竟，我們在京都認識的九尾狐在日本妖怪界也是很吃得開的一位人物。

「咦！妖怪果然是存在的嗎！太厲害了吧！」

織田興奮了起來，卻引來柴田和明智冷靜地說。

「公主殿下，惡魔現在就在妳眼前啊……」

「可是，他們幾位雖然是惡魔，卻不太有惡魔的樣子。看起來就很人類。」

她們看著我們如此回應。我們的外貌的確是不像傳說中的惡魔那種怪物般的模樣。雖說要找外貌就和人類差很多的惡魔也是有啦……

織田正式說出這次的委託內容。

「事情就是這樣，我想拜託莉雅絲小姐的是——希望妳能針對這件胸罩的真相幫我收集情報。這種事還是該交給專業的來，關於黑天狗能不能請妳幫我調查一下呢？」

莉雅絲摸著下巴不發一語，目不轉睛地盯著胸罩看。她感覺也不像是打算拒絕這個請求，我想大概是對黑天狗把胸罩交給戰國武將這個部分有什麼懸念吧。

這時，一旁的竹中對織田建言。

「……那、那個，還有另外一件事也得拜託他們……」

聽她這麼說，織田像想起了什麼似的赫然驚覺。

「對喔。其實呢，最近有一群危險人物盯上我們了。」

「一群危險人物？」

莉雅絲如此反問，織田便點了點頭，接了下去。

「是的，他們說什麼『既然繼承了英雄的血統就加入我們』之類的。之前還二話不說就攻擊我們，嚇了我們一跳。」

——！……我們無言以對。我們社員都對織田所說的那群人是什麼身分有頭緒，彼此交換眼神。看來大家想的都一樣。

「……那是……」

聽我這麼說，莉雅絲點了點頭。

「……是啊，大概錯不了。原來還有殘存分子啊。」

……恐怖分子集團「禍之團」的派閥之一，英雄派！專門聚集歷史上、傳說中的英雄的子孫，不斷挑戰非人者的一群人。幾經波折之後，我們殲滅了其中的核心成員，但偶爾會聽說還有殘存分子在活動。實際上，我們也曾經撞見殘存分子。現在失去了帶頭指揮的領隊，他們的行動原理極為曖昧又危險。

然而，織田的朋友明智、柴田、丹羽沒有把我們的反應放在心上，開始大談自己的英勇表現。

「那時候我用了鹿島新當流免許皆傳的華麗招式打飛了可疑的大叔！」

「又不只妳一個。我也打得很不錯好嗎？」

「呵呵呵，那時候我們大家合力設法擊退了他們。或許是家裡的方針吧，大家對武藝都懂一些皮毛。不過，對方充滿了殺氣也是真的。再這樣下去，或許總有一天會演變成危險的狀況。」

該說不愧是武將的子孫嗎？看來她們的武功都足以擊退恐怖分子的爪牙。話雖如此，我們也有不能置之不理的苦衷。都知道這件事了，曾對付過那些傢伙的我們總不能不答應她們的請求。

「……嗚嗚，我不想被霸凌。」

竹中也顯得相當害怕。居然讓幼小的國中女生怕成這樣，英雄派那些該死的傢伙……！

「織田家代代相傳的這件胸罩的真相，以及對付那些可疑分子，能不能請妳同時為我們實現這兩個心願呢？」

這是織田的——不對，也是織田團隊的心願吧。前者的關鍵掌握在接下來的情報收集上面，後者對我們而言——身為反恐小隊「D×D」更不可能斷然拒絕。

莉雅絲說：

「我明白了。我就答應妳這兩個心願吧。從戰國時代流傳下來的內衣也讓我很好奇，英雄派的殘存分子更是無法置之不理。」

「那就是說！」

織田露出期待的眼神。莉雅絲也點頭表示同意。

「是的，以莉雅絲‧吉蒙里之名，我會幫妳實現那兩個願望。」

聽見這句話，織田等人大聲歡呼。

好了，我們答應要實現心願固然不錯，不過目前最主要的行動是收集情報。

首先，具有貓又身分的小貓動身以自己的管道調查。朱乃學姊也為了調查英雄派的殘存分子，開始聯絡冥界（惡魔、墮天使方面都有）。伊莉娜也拜託天界幫忙調查。

至於莉雅絲，她在社辦裡繪製了巨大的聯絡用魔法陣，試圖從中取得關於天狗的情報。

從聯絡用魔法陣中出現的立體投影──是管理京都的眾妖怪的八坂及她的女兒九重。八坂母女是九尾狐，也是妖怪們的公主。她們麾下有各式各樣的妖怪，其中當然也有天狗。

魔法陣當中面有難色的是九重。

『嗯——既然是一誠你們的請求我當然會試著去問問看，但我對那是不是我們身邊的天狗相當存疑喔。我還是第一次聽說有天狗將女性內衣交給戰國武將這回事。』

是啊，我想也是。我也是第一次聽說天狗會給人胸罩。

對於用魔法陣聯絡別人這種超自然現象，織田等人在後方表示「好厲害——！」、「太奇幻了吧！」之類的，反應接連不斷。

『哎呀，不得了不得了，雖說隔著魔法陣，不過我感覺到令人懷念的波動呢。』

慢條斯理地回應著我們的八坂看向織田。

『那位小姐，我在妳身上感覺到的波動讓我非常懷念。』

「敝姓織田。」

聽見這個名字，八坂瞇起眼睛，顯得有些開心。

『織田……原來如此、原來如此，那會和京都這裡有緣也是當然的了。』

八坂沒多說什麼，只是隱約露出懷念的表情。

結果，京都那邊的情報得等待後續聯絡。九重表示最好不要抱持太大的期望。

其他去探查情報的成員也回來了，但大家的表情看來都不像有好消息的樣子。去探查情報的成員唯一一個還沒回來的是朱乃學姊，不過我總覺得希望可能也相當渺茫。

正當我們摸索著下一步棋該怎麼走的時候——忽然有人敲門。

進到社辦裡來的是蒼那會長。會長一走進來，就對莉雅絲說。表情看起來相當複雜。

「……莉雅絲，我們好像碰上麻煩的事情了。」

「？」

我們面面相覷——隨即，舊校舍外面傳來了喊叫聲。

「織田！我聽說妳在這裡就來了。賞個臉吧！」

……是年輕女性的聲音。我對這個聲音很陌生，至於織田她們則是——

「……居然到這裡來了，真是的。」

她們似乎認得這個聲音，所有人都嘆了口氣。儘管不曉得發生了什麼事，總之，我們決定先到舊校舍外面去再說。

出現在舊校舍前面的——是一群奇裝異服的男人，以及一個像是在率領他們的勇猛威武的女人。年紀大概二十歲上下吧，是個肢體非常誘人、充滿魅力的大姊姊，眼神則是相當銳利，充滿戰意。手裡握著軍配。

女人揚起嘴角，對織田說：

「原來妳在這種地方啊，織田。我今天就要為我們之間的恩怨畫下休止符。」

織田扶著額頭，略顯厭煩地回答。

「……又是妳啊，武田。」

……雙方似乎熟識，但又好像另有內情的樣子。正當我心生疑問時，丹羽對我耳語。

（其實是這樣的，我們家公主殿下和武田在奇妙的因緣際會之下相遇，之後她們就變成了動不動找對方麻煩的關係。順帶一提，她也是某位武將的子孫。據說對方的祖先和公主殿下的祖先也曾經彼此爭戰。誠可謂恩怨對吧？）

啊——原來是這種關係啊。對方也是武將的子孫！那她們可以說是從祖先那一代就是命帶恩怨的宿敵了吧。有種命中注定的感覺呢……話說回來，提到織田、武田，我會想到的都是超級有名的武將……

在兩人以視線互相對峙的時候，柴田指著武田率領的那群男人大叫。

「啊！你們幾個！」

仔細一看，那些男人全都鼻青臉腫，身上的衣服也莫名破爛，感覺就像是打過一架的樣子。

明智以可愛的模樣氣呼呼地說：

「就是那些傢伙～！那些傢伙就是盯上我們的可疑大叔！」

織田也接著說：

「沒錯沒錯，就是這些傢伙。就是他們緊緊糾纏要我們加入！」

真的假的！武田的手下不是女人，而是英雄派嗎！英雄派闖進駒王學園裡面來了嗎！話雖如此，他們好像早就被痛扁了一頓，戰意相當低落就是了……

英雄派的成員對織田她們表示。

「為了實現我們的宿願，今天一定要讓妳們乖乖答應幫——」

「閉嘴。這是我和織田的問題。你們遵照約定聽我的話就對了。」

武田打斷了英雄派殘存分子的發言，如此告誡他們。看來是武田的立場比他們高。

莉雅絲向前站出一步，問了那些男人。

「你們幾個是英雄派的殘存分子對吧？沒想到你們居然打算連日本武將的子孫都拉攏進去……更重要的是，你們竟然敢闖進這裡，再怎麼說也太魯莽了吧……？你們知道這裡是怎樣的地方吧？」

男人們沒有否認，但是露出一臉難以言喻的表情，神色像在說被我們看見了他們不想被人看見的一面似的。他們打扮得那麼可疑，卻能進入對恐怖攻擊的戒備如此森嚴的駒王町，大概也是因為已經喪失了戰意，而且怎麼看都像是武田（看似豪邁的普通女子）的手下，而被判斷為不具危險性的緣故吧……畢、畢竟，他們遍體鱗傷的模樣連我看了都覺得他們很可憐了。

武田對莉雅絲說：

「這些傢伙昨天晚上跑來找我。他們好像說什麼英雄的子孫又怎樣的，總之，我先教訓了他們一頓。正好我也想要手下，所以我就把他們帶來叫他們在我和織田的對決中協助我。我想至少可以當一下肉盾吧。而且他們好像對織田的所在地有某種程度的掌握，我就順便叫他們帶路。」

這、這個人太厲害了吧！居然整治了英雄派還叫他們當部下！武將的子孫太強了吧……的確，她身上似乎散發出強大的氣焰。

莉雅絲聽了依舊沒有收斂她那無畏的笑，大膽放話。

「不過，我們還是不能置之不理。以吉蒙里公爵家之名，我要將英雄派的殘存分子消滅殆盡！」

織田嘆了一口氣後，露出心意已決的眼神。

「如果只有那群可疑分子也就算了，對手是武田的話，這戰也避無可避了吧。好吧，在這裡做個了斷也不錯。各位！」

聽見織田這句話，柴田、明智、丹羽、前田都往前站出一步……只有竹中仍在後方一步的位置，但她從懷裡拿出陰陽師用的符紙。

「啊，沒有武器！」

「……這麼說來，因為今天要來女生很多的學校，所以我們就沒帶兵刃來了。」

明智和柴田發現腰間沒有兵刃，慌了起來。

——這時，木場露出型男微笑後，便以神器「魔劍創造(sword birth)」製造出好幾把劍。纏繞著木場的身體而產生的氣焰傳到地上後，各種形狀的刀劍便從地底長了出來。

「請挑自己喜歡的。我也試著製造了長槍型的。」

木場將自行打造的兵刃分送給織田團隊。

「型男果然不一樣～！我要借走一把刀！」

「感激不盡！我也要刀！」

「……我拿一把長槍。」

明智、柴田、前田各自拔起長在地面上的武器。織田也拔起一把，扛在肩上。那副模樣莫名地有型。

武田見狀，笑得大膽。

「好，那就來戰吧。要是我贏的話，正如我們之前說好的，相良就由我收下了。」

「我可不會把那傢伙給妳。畢竟他可是我正要的拍檔。和那個傢伙還有在這裡的大家一起進軍世界是我的夢想！」

大談野望的她的眼中——熊熊燃燒著火焰。聽她這麼說，武田也更加亢奮地加深了笑容。

「很好。所以我才說你是最棒的宿敵，織田！」

「六！萬千代！十兵衛！犬千代！半兵衛！咱們上！」

這番號令成了信號，戰鬥就此開始。由於拉攏了英雄派的殘存分子，人數上是對方比較多。我們決定將武田留給織田負責對付，而為了替對付英雄派殘存分子的人助陣，也朝他們衝了出去。畢竟，收拾剩下的英雄派是對付過他們的我們的職責嘛！

開戰了！首先衝鋒陷陣的是明智和柴田！

「太礙事了，你們這些大叔！」

「就是說啊！」

明智和柴田以精湛的劍術砍倒了幾個殘存分子——不對，不是這樣。

「哼，我只用刀背劈，饒你們一命！」

明智的招式都是用刀背劈。太漂亮了！

「我們可不能輸給她們喔，潔諾薇亞！」

「是啊，伊莉娜！」

潔諾薇亞和伊莉娜這次拿的也是木場打造出來的日本刀。她們殺進敵陣，和明智及柴田一樣，以刀背劈砍敵人。

「是刀背。呵呵，我一直很想試試這套。」

——潔諾薇亞像在說什麼招牌臺詞似的裝模作樣。

「斬了無聊的東西……在日本出過刀之後武士都要這麼說對吧！」

「……我想，妳大概是誤會了。」

伊莉娜的耍帥姿勢讓柴田歪頭存疑。嗯，我也覺得伊莉娜的有點不太對。

「不過，兩位的刀法都很精湛！」

明智也如此稱讚潔諾薇亞她們的劍技。

「「……飛吧。」」

小貓的拳擊和前田的槍術又把那些男人給打飛了！那副模樣真是豪邁又可靠！沒想到如此威力十足的小學生居然會有兩個——

「「……你在想失禮的事情對吧？」」

果然又被她們兩個同時瞪了！簡直就像小貓變成兩個了似的！

這時，不知為何，武田對她們兩個有所反應。

「嗯！有貓……還兩個！」

原本神情勇猛的臉上綻放了笑容。看來她好像對貓……類似貓的東西很感興趣。小貓正好露出了貓耳，前田也戴著虎斑的帽子，而且她也是個很像貓的孩子。

武田對莉雅絲和織田說：

「妳們兩個，把那些孩子給我吧！」

「「誰要給妳啊！」」

莉雅絲和織田同時否決！那當然了！

——這時，我的視野裡出現了丹羽華麗地躲過對手的攻擊再用刀背接二連三劈倒那些男人的身影！

「呵呵呵，哎呀，才這點本事啊。給你們十分就差不多了。」

冷酷的眼神中隱約有種令人顫抖的快感！啊～大姊姊！也用刀背劈我吧！

從後方支援的是拿出符紙的竹中！

「啊哇哇哇哇、前、前前前前前前鬼先生，請救救我——！有人要霸凌我～！」

她發動術式，一名身穿水干與袴的男子從五芒星的陣形中跳了出來，以詭異的術法將襲擊而至的男人們綑綁起來或擊飛，一掃而空。

「坤——！應吾主之呼喚，特此前來！」

那是所謂的式神對吧！不愧是陰陽師！

我們也不能輸給織田她們！神祕學研究社總動員，一一修理那些英雄派的殘存分子！

我也變出赤龍帝的手甲，和夥伴彼此配合，展開毆打戰！那些傢伙的戰力不怎麼樣！我們連禁手化(balance break)的必要都沒有！頂多只有下之中的程度！然而，織田在對付的武田就另當別論了！

「厲害喔，織田。」

「彼此彼此，妳也不錯嘛！」

日本刀對軍配的激烈戰鬥在戰場的正中央展開！織田似乎也有劍術心得，毫無破綻地揮著刀直劈橫砍。對此，只靠以軍配為主軸的體術進行閃躲且施展拳腳的武田也是相當強大的實力派。

或許是只靠軍配實在撐不住了吧，武田在往後方一跳時候順手拿了木場打造出來的一把刀。

雙方呈現持刀相對的狀態……織田與武田的對峙完美得像幅畫，宛如電影當中最高潮的一幕呈現出令人血脈賁張的樣貌。

我心想下一動將會造成極大的轉變，這時卻響起第三人的聲音。

「哼哼哼！到此為止了，織田與武田啊！」

我看向聲音傳來的方向——看見的是一位長相陌生、帶著眼罩的金髮少女，以及三個反倒是相當熟悉的身影。少女拿著摻雜著光與闇的那把阿撒塞老師打造的「黑歷史劍」，一副興高采烈的樣子。

至於我很熟悉的那幾位，是朱乃學姊以及阿撒塞勒老師，再加上曹操這樣的奇妙組合！

竟然是曹操！誰想像得到英雄派的前領隊會登場啊！

「「「「曹操大人！」」」」

男人們因為前領隊的登場而大驚失色，然後感動了起來。

曹操一面嘆氣，一面走向那些男人。

「——我受前總督之託調查了一下，沒想到會是你們啊。」

「曹操大人！您還活著嗎！」

對於殘存分子而言，他們應該認定曹操已經死了吧。這種時候活生生的本尊現身了，也難怪他們會驚訝。

曹操一邊拿長槍在肩上敲了敲，一邊略帶自嘲地笑了。

「呵，是啊，我確實下過一次地獄。只不過幾經波折之後，我現在打算完成未了之事罷了。」

男人們跪了下去，向曹操稟報。

「曹操大人！為了我們的夙願，請您再次揭竿起義吧！為了實現這一切，即使是那些號稱武將子孫的女孩我們也會弄到手！」

曹操聽了這些也只是苦笑。

「總之你們先把武器收起來再說。真是的，只能跟著那個武將子孫女孩的你們說那種話也沒有說服力。」

被這麼一說，男人們也無話可說。曹操看向我們。

「不好意思，兵藤一誠，還有織田的子孫一行人。這些人我會負責帶走。好了，你們幾個，總之跟我來吧……雖說作風或許會不太一樣，但事到如今我也不會丟下你們不管了。若你們不嫌棄，就讓我照顧你們吧。」

聽曹操這麼說，男人們也流下眼淚。

「「「「是！」」」」

曹操看了我們一眼後，便帶著男人們離開現場。哎呀，就這樣搞定了耶。也是，英雄派的前領隊都親口說要帶他們走了，那些傢伙當然會跟去嘍……如果是現在的曹操，應該不太可能做壞事才對吧……

或許是沒那個興致了吧，織田和武田都把刀放了下來。織田苦笑著說：

「我還想說如果是那種型男來邀約的話，要答應好像也可以呢。」

「『三國志』英雄的子孫，教人怎麼不感興趣呢？」

丹羽也對「曹操」這個名字表示關注。

——好了好了，這樣剩下的問題就是朱乃學姊、阿撒塞勒老師、神祕的金髮少女了。

「喔喔，你們幾個。沒有啦，我原本在百貨公司物色東西，結果朱乃叫我過來——然後，我逛街逛到一半的時候，發現了這個說話非常有意思的女孩。」

老師的視線移到金髮少女身上。少女一邊擺出怪異的姿勢，一邊說起中二病式的臺詞。

「哼哼哼，既然墮天使的總督都介紹我了，我又怎麼能不報上名號呢！吾正是『啟示錄之beast』兼毀滅天下的反基督『邪氣眼龍政宗』——！」

「——好像是這樣。」

呃，嗯——他是找到一個中二病發作的女孩，隨便聊了一下，就點燃了對方的中二病精神了嗎？少女還拿著那把摻雜著光與闇的劍得意地揮來揮去……大概是調整過威力了吧，劍沒有射出危險的波動，只是散發出蒼白的氣焰和漆黑的氣焰而已。

「這不是梵天丸嗎！妳來了啊。」

織田她們好像認識金髮少女。

「吾也非常想參加織田公主的找天狗行動。」

看來是她們的朋友。織田也有各式各樣的夥伴呢。

「啊！啟示錄之獸！難道和６６６（trihexa）有關嗎！」

「再怎麼說應該也無關吧？」

潔諾薇亞和伊莉娜對她們稱為梵天丸的女孩的介紹臺詞有了這種反應。

「那當然了，毫無關係——不過她很有意思。所以我們聊了很久。」

老師哈哈大笑。說得也是——怎麼可能會有關係嘛。可是因為她看起來很有意思，就和她聊開了這樣。至於她本人則是帶著閃亮亮的眼神，揮著那把「黑歷史劍」。

「看好了！此乃墮天使之總督所賜予的傳說之劍！閃光與暗黑之龍絕刀（blazer shining or darkness samurai sword）・三式！」

啊——她很像很開心呢。那把劍也一閃一閃地發著光，確實是很棒的玩具。

「……這、這樣好嗎，給她那種東西……」

「還好啦，她應該不會濫用。而且我也調整過了。」

對於我的疑問，老師也只是帶著關愛的眼神露出微笑。

搞清楚老師和梵天丸的關係了。最後是有關朱乃學姊為何登場。

原本靜觀其變的朱乃學姊一邊「呵呵呵」地笑，一邊對莉雅絲說：

「社長，看來我已經找到給出胸罩的天狗了。剛才我和家父稍微提了一下，他說對於這件事情心裡有底……」

朱乃學姊這句話吸引了大家的目光。

「真的嗎？」

「天狗在哪裡？」

莉雅絲和織田問朱乃學姊。朱乃學姊輕笑了一下，豎起手指指向某個方向。那就是——

阿撒塞勒老師那邊！

老師一看見織田，便像是想起了什麼似的不住點頭。

「喔！喔喔！這個長相！我記得！」

「呃——叔叔你哪位？」

織田顯得困惑，老師則是以視線掃過織田她們那群人，看起來相當開心。

「我是墮天使的前頭目。總覺得妳們讓我想到一群熟面孔呢。」

說著，老師顯現出背上的黑色羽翼。

「難不成……黑天狗就是！」

織田看見老師的羽翼，似乎想通了什麼。

織田再次向老師說明來龍去脈，並且拿出那件胸罩給他看。

老師看了後，豪邁地笑了。

「哈——哈、哈、哈！原來如此，拿胸罩給織田家的黑天狗是吧！當時發生的事情被傳成這樣了啊！」

「黑天狗果然就是老師對吧？」

聽我這麼問，老師帶著懷念的神情娓娓道來。

「是啊，那已經是好幾百年前的事情了。是在這個國家稱為戰國時代的時候。只要有戰爭，對於那個時代的墮天使和惡魔而言就是最好賺的時候。為戰局發愁的人類會召喚我們，我們也會主動找上人類，以他們的性命或稀有的神具作為交換條件，將超越人智的力量借給他們。差不多就是在這種時候吧。我在某個森林裡休息時，一個女孩出現了。」

據說織田的祖先大人是這麼問老師的。

『你該不會是天狗吧？』

——這樣。

「誰教她這麼問，我就順勢說出『是啊，沒錯』這麼回答她了。然後，她叫我展現天狗的招式給她看。所以，我就秀了一兩招運用光力的招式給她看，結果她又對我說『給我點什麼吧』這樣。」

「然後你就給了她胸罩？」

「哈哈哈，畢竟我們是一群技術人員嘛。從研究神器到新式的內衣，只要是有興趣的東西我們都會碰。然後我手上剛好有這麼一樣東西，就把那個試作品給了她。」

……知道結果之後，真教人不知道該說很像老師的作風，或是該罵他說怎麼能這樣亂搞，不過織田她們倒是聽得很認真。

織田問老師。

「吶，你活了很久對吧？也見過我的祖先大人對吧？」

「是啊，確實如此。」

「我的祖先大人是怎樣的人？」

老師摸著下巴，帶著喜悅說道：

「應該說是淘氣女孩的感覺吧。不過，她也有著心懷野望的堅定眼神。我也聽別人提過她的英勇事蹟。」

「此話當真！啊，抱歉。我總會習慣性地脫口這麼說。」

聽見她的反應，老師也露出微笑。

「這麼說來，那個女孩也有同樣的口頭禪呢。妳們兩個果然很像。」

真相這種東西總是藏在出乎意料的地方，而且說不定就在你我身邊。透過這次的事件，我不禁這麼認為。

一旁的武田則是苦笑著表示「興頭過去了是吧」，便丟下日本刀離開現場了。

解決了一切以後，來到道別的時刻。

我們在舊校舍的校門前目送織田她們離開。

織田開口道謝。

「這次謝謝各位。真的一次就解決了兩個煩惱，我很高興。」

「不客氣，我們也很開心。能夠見到武將的子孫，我也感到很榮幸。」

莉雅絲從頭到尾看起來都很開心，讓我印象深刻。

——這時，柴田像是想起了什麼似的表示。

「啊，公主殿下，關於謝禮……」

織田也赫然驚覺。謝禮，也就是這次委託的代價。

莉雅絲輕笑了一下後這麼說：

「胸罩的願望也就算了，關於英雄派盯上各位這件事不需要什麼謝禮。因為逮住他們是我們的職責。話說回來，這樣好了，關於胸罩調查的報酬——『下次找時間一起慢慢喝茶，好好聊天』，這種謝禮如何？」

莉雅絲的提議令織田嫣然一笑。

「此話當真！啊，又冒出來了。不過，我明白了。莉雅絲小姐，改天，我們再找機會聊天吧。對了，下次我會帶我最重要的拍檔來……雖然有點好色，不過他是個好人。」

「好色的人我習慣了，沒問題。」

莉雅絲看了過來。織田也一邊看著我，一邊說「看來是這樣」回應她。生而好色我很抱歉！

儘管大家都很依依不捨，我們還是目送她們離開了。

臨別之際，她們聊得很開心的對話聲傳了過來。

「好了，那麼，該把在外面待命的那傢伙叫過來了。」

「相良學長一定是在網咖邊看色情網站邊碎念說『啊～我也好想去充滿高中女生的學校喔』吧，肯定沒錯！」

「是啊，那傢伙很有可能這麼說。」

「呵呵呵，大家一起找個地方吃午餐吧。」

「……贊成。最好是甜點吃到飽的地方。」

「是啊，我想和良晴先生一起吃蛋糕。」

「哼哼哼，甜點是另一個胃。」

……那個傢伙？難不成她們有男生朋友嗎？好色的男生……我回想起不久之前遇見的盟友……應該不會吧。

最後我好奇地試著問莉雅絲。

「對了，連英雄派的殘存分子都會盯上了的高中女生究竟是……」

「呵呵呵，這個嘛，你覺得她們是誰的子孫？」

她露出意味深長的微笑。

「……織田……明智……武田……咦……？難、難不成！」

莉雅絲沒有回答，只是帶著開心的表情目送著她們。

也罷，下次還有機會見面的話，就能得知她們是何方神聖了吧。懷著這種期待等到那一天也不壞。

於是，突然發生的「戰國胸罩」騷動就此落幕——

Bonus Life.2 御厩零式物語

作者：春日みかげ

●織田信奈的學園

「這裡究竟是哪裡？利休！播磨！禁用的異世界武將召喚術『御厩零式』失敗了！」

「利，休？（應該是為了彌補織田家的人才不足而召喚異世界的武將才對，看來是我們被召喚到陌生的房間裡來了。）」

「嗯——木頭地板、軟綿綿的地毯、燭台與長凳。這裡顯然是南蠻人的房間。而且，我們站在詭異的魔法陣中央。這個魔法陣並非我西默盎所繪製的。」

「……肚子餓了。」

「喂喂。我總覺得有種不祥的預感。我認為事態不是因為術式弄錯被傳送到英格蘭的魔術師的房間之類的這麼簡單。應該說，這個房間裡到處都有16世紀不存在的家電用品。」

「你說的沒錯，相良良晴。看來這裡是原本絕不會與我們相交的異世界呢，嗯呼～！」

「唉。誰教妳們把召喚魔術當成在抽卡（gacha）一樣隨便亂用，才會發生這種事情。信奈，培育武將應該更腳踏實地一點才對。就是因為貪圖輕鬆，才會變成這樣。」

「我茶（gacha）是什麼？這明明就是你害的吧，良晴！是因為你在術式發動的時候踏進魔法陣裡面，才會發生這種不測的事態！」

「冷靜一點！都什麼時候了還起內鬨！現在正是考驗妳的leadership的時候啊！」

「不要用未來語唬弄我！」

事情發生在某一天。

在京都的本能寺舉行的茶會即將開始之際，我們這位推展天下布武事業的公主大名，織田信奈，將鍊金術師兼茶人的千利休以及南蠻科學軍師黑田官兵衛叫到本能寺，說是要她們「用之前召喚妖怪蹭腿妖的術法從異世界叫武將過來」，如此強人所難。

「新錄用的荒木村重在平定攝津的進度是很順利，但織田家的武將還是不夠！大和的筒井順慶是個不工作的牆頭草，也找不到能負責丹後及河內、和泉的人才。雖然我是個不求神拜佛的理性主義者，可是派得上用場的話，無論是鍊金術還是魔術，任何方法我都會利用。南蠻的黑魔術當中有『惡魔召喚』這種術法對吧？妳們之前召喚地方妖怪蹭腿妖所使用的術式也是類似的東西對吧？就用那招從異世界召喚能幹的武將吧！」

利休與黑田官兵衛彼此互看了一眼。

「……利，休（蹭腿妖是原本就住在這個世界的妖怪。我們只是在牠失去身體只剩下靈魂，即將消失的時候，用南蠻的術法備妥人造精靈的肉體提供給牠罷了。並不是從異世界召喚過來的。）」

「召喚魔術啊。我知道術式的步驟，不過那太不科學了。再說，若是碰巧召喚到武將那當然最好，萬一召喚到惡魔可就大事不妙了吧？」

「喔喔～播磨。妳該不會是辦不到吧？妳的勁敵，竹中半兵衛過去可是藉由陰陽道之術召喚出最強的式神，前鬼，並且成功使役他了喔。相較之下，播磨，妳用南蠻的術式召喚出來的就只有愛蹭女孩子小腿的妖怪蹭腿妖。太寒酸了。妳們雙方之間的差距未免也太大了吧。妳難道不想把天下第一軍師的寶座給搶過來嗎？」

天下第一軍師！目前輸給竹中半兵衛！被灌輸了這些不能提的字眼，黑田官兵衛的表情一變！

名符其實的「黑官」！就是這種感覺的壞人臉！

丟下著急的利休，官兵衛表示「嗯呼——！交給我西默盎吧！看我從未曾見過的異世界召喚最強的武將過來！啊——哈哈哈！」之後，立刻在榻榻米上畫起五芒星的魔法陣。

「……利，休～（這是用來打開照理來說原本絕對不會開啟的通往異世界之門的禁用術式『御厩零式』的魔法陣？這可能會發生無法預測的事態，還是不要比較好。）」

「無須擔心，利休師父！雖然『御厩零式』的召喚術式不曾聽說成功的前例，不過只要將織田信奈收集的名品茶器配置在魔法陣上，再用上我西默盎的專利『電磁力』肯定會很順利！所幸今天天氣相當惡劣！我要在這本能寺的庭園豎起十字架型的避雷針，吸引落雷！從落雷中奪取電磁力，透過拉進室內的導線導引進魔法陣上面，應該就能打開通往異世界之門了！」

「電磁力？十字架？避雷針？播磨，我越聽越興奮了！感覺就能召喚出超強的武將！乾脆叫惡魔出來也行，為了贏過武田信玄和上杉謙信，即使要我藉助惡魔力量也在所不惜！」

「……利，休……（唉，事情會變成怎樣我都不管了。）」

轟——！

「打下來了！是落雷！打在播磨豎立在庭院裡的十字架上了！」

「……利，休？（魔法陣發出光芒了！）」

「哦哦哦哦？平常明明總是在只差一步時失敗連連，偏偏今天我西默盎想做的事全都順利成功了！簡直像在作夢一樣！現在正是揚起黑官一流之烽火的時刻——！吹吧，狂風！轟吧，閃電！哎呀，織田信奈、師父！那裡很危險，離魔法陣遠一點！」

正當官兵衛一邊表示「公主，天降鴻運了！這樣織田信奈就是天下人了！啊——哈哈哈！」一邊帶著黑心笑容在魔法陣旁邊手舞足蹈之際——

來自現代的未來人武將，我們的主角相良良晴，以及戴著老虎造型兜帽的嬌小公主武將，前田犬千代，兩人在毫不知情的狀態下大搖大擺地走進房間。

「喔，怎麼？在跳盆舞嗎？」

「……肚子餓了。」

於是便一腳踏進發出來的光芒怎麼看怎麼怪的魔法陣的正中央了！

「哇——！你搞什麼啊，相良良晴！出來、快出來，混帳，不准妨礙西默盎的術式！當心被大卸八塊！」

「利，休（不好了。得把他拉出來才行。）」

「良晴？犬千代？不能進去魔法陣裡面！快過來這邊！」

「咦？魔法陣？為什麼戰國時代的本能寺會有那種東西？」

「……餵我吃外郎糕，我就動。」

「糟了，已經發動了！織田信奈！師父！趕緊抓住他們倆的後領把他們拖出來——嗚呀啊啊啊！」

熠。信奈等人聚集的本能寺的房間裡竄過一陣耀眼的閃光。

在魔法陣發動時被捲入其中的五個人的身影從室內消失了——

「事情就是這樣，我們五個人被沖到異世界來了！既然都已經被沖過來了，再怎麼垂頭喪氣也無濟於事。別無選擇了！我們就把這個南蠻房間定為織田家的新本城，現在立刻召開軍議！」

織田信奈的適應力之異常。面對她即使陷入如此異常事態當中也能用一句「別無選擇」就接納一切的英傑器量，良晴在說出「這樣真的可以嗎？」的吐嘈之於仍佩服不已。

「嗯呼——！根據我派出去當斥候的犬千代的回報，這裡是名為『駒王學園』的國家。然後這個房間似乎是名為『神祕學研究社』的勢力的『社辦』。」

「……在建築物外面探查時遇見名為松田、元濱的足輕。他們說『你們在開cosplay party嗎，小貓美眉——』像這樣稱犬千代為貓、侮辱我，所以我揮舞朱槍發洩了一番，他們便哭著對我有問必答。是兩個好人。」

「此話當真。我可沒聽說過哪個王叫駒王的。犬千代，那兩個人呢？」

「……他們給了我名為『羊羹』的甜點，所以我放逐了他們。這就是羊羹。乍看之下很像外郎糕，是一種甜味強烈到會黏在舌頭上久久不散的異世界珍饈。材料似乎不是稻米。嚼嚼。」

「所以妳才會從剛才開始就一直在啃甜點啊！居然放走了好不容易才抓到的敵兵是怎樣啊？真是的。」

「……利，休？（所謂的『學園』究竟是？）」

「錯不了了。這裡是和我原本居住的未來的日本極為相近的異世界！這棟建築物是高中的校舍！看起來沒有學生往來，由此可以推知這裡沒有用來上課，大概是只有文化性社團的社辦的舊校舍吧。」

「咦咦？我們沒用三種神器就來到良晴的世界了嗎？那那那那麼，我得去向良晴的父親母親請安才行！小小小女子不才請請多多指指指指教這樣。」

「不、不是啦，信奈。麻煩的是，這裡不是我的世界。」

「什麼嘛。不要嚇我好不好！害我這麼恐慌！」

「這裡和我的世界極為相近，但有微妙的不同。這個房間裡有電，所以我用社辦的電腦搜尋了一下，發現我原本居住的城鎮不存在於這個世界……又好比說這本漫畫單行本。這是我也支持了很久、看得很熟的漫畫名作，但書名變成了『七龍堂』。看來是所謂的平行世界吧……等等，官兵衛！不要分解電腦！這樣我不就沒辦法收集情報了嗎！」

「太厲害了！這種像是薄木板的機械究竟是什麼，到底是透過何種機關在運作的？我要把零件拆下來帶回去戰國時代，嗯呼──！」

CPU之類的帶回去也無用武之地喔──良晴如此叮囑。

「說起來我們也不知道該怎麼回去原本的戰國時代吧。畢竟我們是因為偶然的意外才被沖到駒王學園這裡來的。」

「……利，休。」

「……羊羹，好吃。」

「怎麼辦，信奈？」

「我不是都說別無選擇了嗎？既然不知道回去的方法，就只能朝向未來奔馳了！這也是天命！我們該做的就只有以駒王學園為舞臺，完成天下布武了！我要將這個學園，改寫為織田信奈的學園！」

「嗯呼──！那就占據這個神祕學研究社的社辦，改名為『天下布武社』吧！」

「妳說得對，播磨！『天下布武社』。既然我要用這間社辦當本城，這就是最適合不過的好名字！咱們立刻四散到各地去分析這個學園的戰力，並且製作勢力圖及地圖！然後先找上最強的傢伙鄭重其事地送一份大禮過去討好他，讓他掉以輕心！」

「那是織田信長的常套手段對吧。不，慢著，信奈！學園並不是打仗的地方！是年輕人們和平地聚在一起在課業、社團、運動、還有戀愛等方面勉力為之的夢幻般的空間！雖然我的高中生活是完全不受女生青睞的暗黑時代就是了！」

「啊，可是，我們沒有最重要的禮物。那麼，只好發動奇襲攻勢不由分說地燒燬敵人的重要據點了。學園內除了這間校舍以外似乎也建築了其他城堡，所以就依序燒燬吧。我們的兵力只有五名，也沒儲備的軍糧，要是被敵人閉城固守的話也麻煩。」

「聽一下我發自靈魂的吼叫好嗎！」

「嗯呼——！全部包在我西默盎身上吧！首先進軍對面的校舍，攻下『餐廳』吧！據說為了餵飽這間學園的足輕們，餐廳儲備了大量的軍糧！搶糧啦——！」

「非常好，播磨！那我們就先占領餐廳，把敵人的足輕們餓死！」

「啊——哈哈哈！再來就是讓『游泳池』潰堤，展開水攻！」

「……利，休？（都要打了的話我也想要茶室。）」

「說得對，也占領個茶室好了！找一下應該會有吧！」

「……這間學園似乎是御貓大人較受歡迎。該讓整間學園的足輕有所認知，狗才是至高無上。」

「也就是說這裡是本貓寺的門徒們的學園嗎？既然如此就更不需要客氣了！」

「慢著、慢著、慢著——！妳們幾個！不要想著用戰國時代的標準來攻略這間學園！算我拜託妳們，聽我這個經歷過學園生活的人說的話好嗎──────！夠了，信奈，不要拔日本刀！會違反刀械管制條例！」

都怪我完全習以為常了，可是這些傢伙也太戰國世代的武將了吧！良晴欲哭無淚地抱住信奈，打算制止她。

然而，有生以來第一次來到異世界，情緒異常高張的信奈無人能擋。

「放開我，良晴。我要立刻拿那個箱子試刀！我砍──────！」

信奈試圖將放在室內一角的紙箱一刀兩斷，一刀揮了下去。

這時，一個「噫──────！」的可愛女孩尖叫聲響徹整個社辦。

「……」

「奇怪？信奈的身體停止了？喂、喂，信奈？」

「……啥？怎麼了，剛才發生什麼事了？我想砍的那個箱子消失了？」

良晴一邊說「真的耶。難道不只信奈，我們的身體也停止了一瞬間嗎？」一邊歪著頭。

「這……這該不會是……停止時間的能力？我的不祥預感果然成真了嗎？」

「什麼意思，良晴？」

「這裡乍看之下和我的世界極為相似，卻是個不只科學進步，就連魔法也很發達的世界！這間學園太危險了！」

「嗯呼——！攻略難度好像很高的樣子！這下更值得平定了！」

「也就是說這個世界不只像我這種自稱第六天魔王，或許還有真正的魔王存在嗎？呵、呵、呵。我越來越帶勁了！」

「妳們幾個未免也太好戰了吧！我覺得還是得找出回去原本的世界的方法，否則會很不妙！啊——可是能合法地拜見現任ＪＫ穿制服和體育服的模樣的校園生活也令人難以割捨！我想在往生前看到真正的學校制式泳裝啊，那怕只有一次也好！」

不過，到底該怎麼做才回得去呢？良晴邊這麼想著，邊貼在魔法陣上面嚷著「唔喔喔喔怎麼不發光～」的時候，社辦的門悄悄敞開。

走廊外面站了一位金髮美少年。

「歡迎光臨，各位異世界人士。『進來一個就會離開一個』。這個召喚魔術『御厩零式』的規則似乎就是這樣。」

「……利，休（美少年。）」

「……同樣是異世界人，怎麼和良晴差這麼多。」

「該不會繼承了織田家的血統吧？這就是傳說中真的在未來存在的型男嗎！」

「嗯呼——這裡果然是不同於相良良晴的世界的異世界，我西默盎終於認同了！」

「嗚啊啊啊啊啊！確實是這樣！現在這一刻，我終於想起校園生活的殘酷現實了，我終於想起來了啊啊啊～！別說是把教室變成本大爺的左擁右抱後宮了，根本就是少數幾個型男把持住所有女生，那種階級差距，那種屈辱，那種絕望，我都想起來了——！特技只有躲避球的時候很會躲球還有徹底攻略戰國模擬戰略遊戲的我，是名符其實的一無所有、赤貧、進化上的魯蛇、學園階級的最底層啊啊啊啊！沒錯。在學園裡，光是脫口說出『想揉胸部』就會被所有女生排擠！我還是要回戰國時代去！型男去死！」

總覺得你這個人和一誠同學有點像呢，少年笑著這麼說。

「我是木場祐斗。是這個神祕學研究社的社員。現在，神祕學研究社陷入了相當麻煩的事態。希望各位務必能夠協助我們解決問題。我們無論如何都需要各位的協助。」

「麻煩的。」

「事態？」

「……想吃羊羹。」

「利，休～」

等一下喔，喂！我特地來到異世界遇見的人卻是男的而且還是個型男肯定是搞錯了什麼吧！這種時候應該是巨乳正妹一個接一個出現才對吧！良晴像這樣怒吼，但名為木場的少年只是苦笑。

「然而事情卻不是這樣。其實今天早上，在我們神祕學研究社也執行了『御厩零式』

的術式。神祕學研究社只是偽裝，我們是惡魔莉雅絲・吉蒙里社長的眷屬。所有社員都是惡魔。啊，也有天使就是了。」

「「「惡魔！」」」

「剛才那個紙箱裡面躲了一個具有時間停止能力的社員。他因為差點被砍才停住各位的時間，縮到社辦更裡面的地方去就是了。」

「時間停止——？」

來到了一個非常不得了的世界。啊——既然都要來的話，真想把梵天丸也帶過來。良晴這麼想。

「話說回來，雖說是惡魔，其實純血種不多了。一般而言都是藉由讓人類等異種族轉生的方式來增加眷屬。社團指導老師阿撒塞勒老師說，『有一招據說絕對不該執行的禁用異世界戰士召喚儀式，「御厩零式」，你想不想試試看啊？理由？那還用得著說嗎？三年級就快畢業了，現在我們需要進一步強化（胸部）戰力。必須從異世界召喚更加強大的（胸部）戰士才行！』這樣慫恿了一誠同學，我們才執行了禁用的召喚魔術『御厩零式』。一誠同學一開始也覺得『即使是為了胸部也太危險了』表示遲疑，但在阿撒塞勒老師『難道你交到女朋友就滿足了嗎？要在此停止成長嗎？你說要成為後宮王的那個夢想怎麼了？能讓男人變強的事物是夢想、野望、飢餓與渴望』這番花言巧語的呢喃之下，終於被老師說動了。然而，看來在異世界進行的『御厩零式』的魔法陣似乎和我們這邊的社辦的魔法陣連在一起了。」

「換句話說，有五個人從我們的世界被召喚到這個社辦來了，就表示……」

「是的。以一誠同學和莉雅絲社長為首的五名社員被召喚到各位的世界去了。而且，我們指望的阿撒塞勒老師突然被叫去開『D×D』的會議，看來短時間內無法回到學園來。被留下來的我趕緊針對『御厩零式』做了調查，鎖定了這次始料未及的意外發生的理由。『進來一個就會離開一個』，這就是『御厩零式』的隱藏規則。我們的世界曾有個時代，天使、墮天使、惡魔展開三強鼎立的戰爭，有眾多人員傷亡，但即使在那樣的極限狀況之下也沒有任何人實踐這個術式。原因就是從異世界補充戰力的同時，己方也必定會失去戰力。也就是說，想使詐並沒有那麼容易。」

「意思就是召喚五個人就會有五個人被逆召喚嘍！戰國時代的本能寺有五個惡魔？事情到底會變成怎樣啊啊啊啊啊？歷史的連續性、連續性啊啊啊！」

「事情就是這樣。我們必須盡可能地盡快將一誠同學他們叫回來才行。為了達成目的，就必須將你們五位送回原本的世界才行。」

信奈與官兵衛互看了一眼。

「在這個當下我不太能相信這套說詞。妳覺得呢，播磨？」

「織田信奈，妳想怎麼做？」

「天使、墮天使、惡魔三大勢力廝殺的大戰爭！簡直就像是聖經的『啟示錄』一樣，令我興奮不已！這也是命運吧。我很想在裡面插上一腳！在那之後再統一日本也不遲吧？為了終將到來的『織田信奈的大航海時代』，這應該也會是寶貴的經驗才對。」

「嗯呼——！不愧是織田信奈！不僅沒有失去鎮定還喜出望外，果然是擁有無盡野望的豪傑！我明白了，包在我西默盎身上吧！」

「妳們幾個喔～如果不把社長小姐他們叫回來，神祕學研究社的各位會很困擾啊。」

「這下傷腦筋了。話說回來，各位好像是從戰國時代的織田家來到這裡的，請問一下『本能寺之變』究竟是怎麼回事呢？我看明智光秀好像沒有來的樣子。」

「哇——哇——！夠了喔，型男，不要在信奈她們面前提那件事！到時候會一發不可收拾！」

「這樣啊。那還真是不好意思。」

「……外郎糕很好吃，但是羊羹也很好吃。傷腦筋。」

「……利，休～（我想要茶室。）」

「也給我來點羊羹吧，犬千代！這和外郎糕有什麼不同？」

「這個叫烏龍茶的飲料是什麼？在配甜點的場合我還是比較想要很苦的抹茶。嚼嚼。」

呼～信奈好像沒在聽，太好了。

正當良晴如此放下心裡的大石頭時……

叩叩。

有人在走廊上敲了木場關上的門。

『兵藤一誠，你在嗎？是我，曹操。我有點事情要辦，就順便過來找你了。』

「曹、曹操？為什麼『三國志』的英傑會出現在日本的學校？」

「在這個世界，歷史上、神話上的諸神與英雄都在照常活動。不過這下糟了。曹操是持有『黃昏聖槍（true longinus）』的超級大人物。要是發現我們神祕學研究社現在少了包括一誠同學在內的五名社員，事情會稍微有點麻煩。正確來說，我看曹操是發現這間社辦發生了非同小可的異狀才親自前來調查的吧。」

「咱們像關羽過去用過的那樣裝不在吧。若是曹操的話，應該會乖乖回去才對。」

「良晴同學，對吧？你的長相和骨架都和一誠同學很像。只要把髮型像這樣這樣這樣弄一弄，就可以當替身了。好了，請穿上我的學生服吧。」

「我、我嗎？當替身？」

「為了避免露出馬腳，請你一直跟他聊女生和胸部的話題。這樣應該就可以硬撐到最後了吧。」

「什麼嘛。意思就是我連演都不用演嘍。既然如此肯定行得通！」

型男脫了！嗯呼——型男的裸體啊！皮膚好白……利休……正當信奈她們公主武將像這樣嬌聲歡呼的時候，良晴在頭髮被塗滿髮膠改造成刺蝟頭，整個人被塑造成「冒牌一誠」後便打開了門。

出現在門外的又是一個型男。一側的眼睛上戴了眼罩。

「嗯？你真的是兵藤一誠嗎？感覺才一陣子不見你的長相就變了？怎麼說呢，總覺得隱約多了點猴子樣。」

完全行不通嘛，劈頭就被懷疑了啊，木場——！良晴像這樣在心中哭喊，不過總之還是得先混過這一關才行。

「我、我才想說呢，你真的是真正的曹操嗎？」

「你說什麼？」

「曹操不是那個嗎，在和『織田信長公之野望』並稱的歷史模擬遊戲不朽名作『三國志大演義』當中擔任魏國大將的英傑對吧？」

「沒錯。那個曹操是我的祖先，身為子孫的我可沒留鬍子。」

「不對，我並不是想拿『三國志大演義』出來比！現實和遊戲不同，這種事我也知道！我這個人很有常識的！我無法接受的是！曹操這個人！在我的觀點裡！應該是金髮美少女才對！」

「……啥？」

「那當然了！就好像織田信長其實是天下第一美少女織田信奈一樣，現實中的曹操肯定也是美少女無誤！留在歷史書上那個滿臉鬍子的曹操是冒牌貨，是某個人不曉得在什麼地方動筆扭曲事實把曹操寫成男的了！就像織田信奈被改寫成織田信長一樣！一定是儒教的影響吧！那些被儒教洗腦的歷史家才不希望美少女以戰場上的英傑之姿管理男人君臨天下的真正歷史流傳下去！也就是說，如果你是真正的曹操，是男人才奇怪！」

「……兵藤一誠。你該不會是喜歡胸部的病越來越嚴重，嚴重到連我在你的腦袋裡都女體化了吧？」

「我知道了，曹操！你一定是因為種種苦衷而女扮男裝對吧！沒關係不用多說，這在亂世是常有的事。也就是說你那看起來像是發達的大胸肌的胸膛也很有可能其實是用白布纏住的巨乳，是被壓扁的胸部嗎──！」

「……住手，不准碰我。難不成繼洋服崩壞和乳語翻譯(pilingual)之後，你終於連女體化魔術都開發出來了嗎？唯有那招絕對不行。即使是好色如你，那招也不行。那已經超越了邪門歪道的行徑，而是變態所為了。不對，以兵藤一誠的戰術而論或許是正道……？」

「呵呵呵。讓我碰碰看就知道啦。我抓我抓。」

「……啊。看來我感冒了。我感覺到嚴重的惡寒，所以先回去了。算我拜託你，不要在你的腦子裡將我女體化……」

曹操一邊說「頭好痛」，一邊摀著太陽穴走掉了！

「太厲害了，良晴同學。我也完全聽不懂你在說什麼，不過你那莫名其妙的一連串臺詞和怪演技都足以讓強如曹操也立刻叫著頭痛走人了！」

「呼。我自己都覺得這樣很噁爛，不過我只是把平日隱約盤踞在心頭的吶喊直接說出來，不知怎地就趕跑他了。話說回來，洋服崩壞和乳語翻譯是什麼？」

「這個好像有點不太方便告訴異世界的客人……啊哈哈。更重要的是，光是碰到男生就可以將對方的身體變成女生的女體化魔術是吧？這不但是對胸部有著不同凡響的執著的一誠同學很有可能真的開發出來的招式，更是夢幻般的招式呢。若能讓我女體化的話，一誠同學或許也……」

「喂，木場？你為什麼眼中水光瀲灩還雙頰泛紅啊？」

「不能再混下去了。我得趕快把一誠同學叫回來，叫他學會這個夢幻般的構想，女體化魔術才行。」

「咦？」

為什麼要把曹操趕跑啊，他明明是個型男！信奈等人一邊這樣吶喊，一邊接二連三地對著良晴丟文庫本。

「這明明就是曹操與織田信奈，代表唐國與日本的英傑相會的大好機會！能和曹操結盟的話，想在這個世界奪取天下都辦得到吧！」

「啊——！我也無法接受好嗎！難得被召喚到異世界來，結果接連認識的都是臭男人！都沒有美少女啊啊啊啊啊！」

「美少女是很多，只是今天來到社辦的女性社員全都被召喚到戰國時代去了。潔諾薇亞她們又在跑選舉活動。」

「好了啦，要美少女的話這裡都有四個這麼多了，所以事到如今你就別怨嘆了，相良良晴！既然這個世界連曹操都有了，說不定也有黑田官兵衛和竹中半兵衛，甚至連織田信奈都有也不足為奇吧！我們離開社辦去找吧，嗯呼——！」

「說得也是。雖然他說是曹操的子孫，不過那個震懾力其實是本人吧？比方說身體是子孫的，但繼承了本尊的靈魂之類的……這裡可是有天使和惡魔的世界，這種事情也很有可能吧。」

「……我要找前田犬千代。如果是男人就傷腦筋了……如果是巨乳就告訴她胸部只是裝飾，好好對她說教。」

「利，休（或許也有千利休。）」

等一下喔？良晴察覺到一件事。

「『進來一個就會離開一個』，規則是這樣對吧，木場？」

「是啊。良晴同學，規則怎麼了嗎？」

「不妙了。為了維持世界的合理性，來自異世界的增加分量一定會被扣除，如果這就是『御厩零式』的規則……要是讓分別存在於這個世界和那個世界的同一個人見到面，那個規則就會被打破。這樣一來，雙方很有可能會產生湮滅現象吧？」

「啊？或許真是這樣。難不成『御厩零式』真正的危險性，其實是在這一點上面嗎？」

「現代日本的學校與戰國時代的本能寺。照理來說應該不會讓同一個人碰頭才對，但這個世界存在著名為曹操的英雄。既然如此……」

「如果織田信奈小姐和這個世界的織田信長相遇……」

「就會湮滅！慘了！我們得盡快回去原本的世界才行！」

「可是不要緊的，良晴同學。在我知道的範圍之內，我們這邊的世界沒有織田信長先生。黑田官兵衛先生和千利休先生我也沒見過。而且曹操也不是那位三國志時代的曹操，確實只是子孫。」

「就算是這樣。就連我在見到剛才到訪的曹操時都下意識將他視為和三國志的曹操是同一個人了。要是信奈在這個世界看到什麼東西的瞬間，產生了那就是另一個自己、就是織田信長的『認知』的話！湮滅的規則恐怕也會發動！」

在良晴和木場背後，信奈等人正在歡呼。

「喂，信奈！不要隨便亂開電視或是翻閱書本喔！尤其是電視！」

「咦——？電視是什麼啊？良晴？」

「大概是這個吧？」

來不及了。

官兵衛帶著興味盎然的笑容在遙控器上亂按，啟動了靠牆的電視。

此時此刻，播放的正好是國營電視台的戰國時代劇——

『ＳＨＫ大河劇，黑官一流！第三回，桶狹間會戰』

在信奈等人有生以來第一次看見的電視畫面當中——

『人間～五十年～』

『信長大人！今川義元的大軍已攻到鷲津砦！』

『比下天之內～不過一晝夜～』

『別舞了，快開軍議吧！織田、信長大人啊啊啊！』

「怎麼回事？有人在這塊板子裡面啊，官兵衛！居然在桶狹間會戰之前舞敦盛，簡直和我一樣！」

「而且正在舞敦盛的這個男人被稱為織田信長呢。嗯呼——！」

「那麼，這傢伙就是這個世界的我嗎？良晴說過。在別的世界我是男人，還用織田信長這個名字。這個傢伙，就是——」

霍霍霍霍霍霍霍。

信奈的身體微微開始消失了。

「良晴同學！這是……！我懂了，戰國時代的人不知道電視這種東西！在她們的『認知』當中，電視裡面的人是真正的人類——」

「不可以，信奈——！那個傢伙不是人類，也不是真正的織田信長！只是電視節目啊啊啊啊！」

良晴抱住開始變得透明的信奈的身體。

然而，他的手臂沒能碰觸到信奈的身體，穿了過去。

「已經開始消失了！信奈！」

「抱歉，莉雅絲。召喚好像失敗了。看來反而是我們被逆召喚到這間寺院裡來了。」

「這不是你的錯，一誠。禁用的『御厩零式』似乎是超乎預期的危險術式呢。這裡既不是天界也不是冥界，是完全未知的異世界。」

「哎呀哎呀，呵呵呵。回到社辦後，得好好修理阿撒塞勒老師才行。」

「一誠先生。純和室的榻榻米上面畫著陌生的魔法陣耶。這是怎麼一回事呢？日本的寺院裡怎麼會有魔法陣啊。」

「……恐怕是有人在這個房間裡執行『御厩零式』。」

「嗚嗚。真的很抱歉，各位……！」

眼看莉雅絲與朱乃即將畢業，兵藤一誠相當著急。

愛西亞和小貓、蕾維兒等人即使升上一個年級還是會留在神祕學研究社，伊莉娜也成為正式社員了，潔諾薇亞如果達成了當上學生會長的野心應該也還是會繼續參加社團活動，神祕學研究社引以為傲的夢幻般的後宮狀態仍是屹立不搖——照理來說是這樣沒錯——然而，莉雅絲與朱乃兩大巨乳大姊姊就此畢業實在是一大損失。過於慘痛的損失。

正當一誠如此煩惱時，阿撒塞勒對他灌輸了惡魔的，不對，是墮天使的呢喃。「你要不要挑戰看看禁用的異世界戰士召喚魔術『御厩零式』啊？一誠，原來你是交到女朋友就會滿足且停止成長的男人嗎？」才沒這種事！「御厩零式」，試就試啊，誰怕誰！就像這樣突然拿出幹勁來的一誠拿著「我們有這麼多神器，一定會成功」這種理由說服莉雅絲她們，執行了術式。然而——

結果，在召喚作業中魔法陣忽然失控，醒過來時，原本在社辦裡的五名社員——一誠、莉雅絲、朱乃、愛西亞、小貓已經被逆召喚到這間陌生的寺院的房間裡來了。

「一誠。寺院外面傳來戰吼的聲音耶。」

「看來我們被包圍了，還有箭射進來呢。哎呀哎呀，呵呵呵。」

「敵軍的旗印是桔梗的紋章。一誠先生，這到底是什麼狀況？」

「……這裡怎麼會有看起來很像羊羹的食物……啊嗯。不會殘留在嘴裡的清爽甜味……好吃。」

看見包圍著寺院的桔梗紋章，一誠「啥？」地叫了出來。

「這樣啊。愛西亞不知道也是理所當然的。那是明智桔梗！敵人是明智光秀的軍隊！既然如此，這間寺院就是——」

『敵人在本能寺～！殺啊殺啊！』

「敵兵中傳出了女生的聲音？這裡果然是本能寺啊啊啊啊！」

「發生什麼事了，一誠？我們怎麼會在被召喚到未知的異世界來的同時遭受敵人的包圍攻擊呢？」

「莉雅絲。這裡是戰國時代的京都。看來我們是碰上池魚之殃了。這是天下人，織田信長遭受家臣明智光秀討伐的歷史事件『本能寺之變』，我們被捲入其中了！該死，到處都只聽得到武士的嘶吼聲！胸部成分未免也太不夠了吧！」

「哎呀哎呀。一誠在教育旅行後就沒來過京都了對吧。呵呵呵。那我們去找織田信長吧。他應該還留在本能寺裡才是。」

「朱乃學姊，現在沒時間慢慢閒聊了！如果真的是本能寺之變，這可是日本史上最進退維谷的造反劇！要是我們什麼都不做的話，明智光秀就會二話不說地討伐掉我們！」

「那我們只能和明智光秀先生一戰了嗎？可是……一誠先生？若我們胡亂插手的話，歷史可能會被改寫吧？」

「……織田信長恐怕已經從這個世界消失了。原本在這個房間裡面的人都使用『御厩零式』到別的世界去了。」

不知為何，小貓似乎很確定繪製在這個房間的是「御厩零式」的魔法陣。

「大概出了什麼意外，讓兩個『御厩零式』的魔法陣連在一起了吧？說不定在我們被召喚到這裡來的同時，織田信長也被召喚到我們的魔法陣去了。」

「我覺得好像明白那為何會變成令人畏懼的禁用術式了。如果不需要支付代價就能從異世界召喚戰士，魔王和墮天使們過去應該早就用了才對。」

「呀？敵、敵軍射火箭進來了！若再這樣下去，我們會跟著本能寺一起被燒掉！」

「現在不是擔心歷史被改寫的時候了！德萊格，拜託你了！我們去擊退明智軍！……等等，德萊格沒有出來？」

「我也沒辦法使用落雷的力量。」

「不好了，我也無法發動神器！」

「看來，這裡似乎是個無法光明正大地使用魔力的世界。我感覺得到魔力殘留的氣息，卻不在能夠發動魔力的狀態。」

「該死，這裡的法則和我們的世界不同嗎？」

「……魔力發動不了，但腕力並沒有減弱。我用蠻力擊退敵人。」

小貓「咚」地毆打土牆，將其粉碎。

「喔！體能本身並沒有變弱是吧。既然如此就行得通了！」

這時，一個少女的聲音說著「哈哇哇～請等一下！」叫住了一誠他們。

「咦咦？女生？在本能寺？」

而且還很可愛！

甚至不只一個！

其中還有胸部大到足以匹敵莉雅絲的女孩！

這是怎樣？難不成是織田信長的後宮嗎？他有後宮嗎！一誠在心中如此吶喊。

「嗚嗚。對不起、對不起害你們被召喚到這種激烈的戰場上來。我們三個是織田家的家臣團。我是軍師竹中半兵衛。我們為了從異世界得到武將而進行危險的召喚儀式卻失敗了，結果我們這邊的五個人被召喚到異世界去，取而代之的是各位來到了這裡。各、各、各位惡魔，請不要霸凌我……」

「我是兵藤一誠！絕對不會霸凌女生！尤其是像妳這種妹妹型的女生我更是會好好保護，這就是我的正義！」

「啊嗚嗚。除了良晴先生以外的男士還是一樣會把我當成妹妹看待呢。嗚嗚。」

「不、不過，半兵衛美眉身邊的女生。那對胸部、那對乳房究竟是怎麼回事！這也太誇張了吧！」

「噫？你、你這傢伙是怎樣，不准盯著我的胸部一直看！我叫柴田勝家，是公主殿下的第一家臣，織田家的筆頭家老！要是你敢碰我的胸部，我、我就拿長槍戳你！」

「柴田勝家？為什麼會是女生？總覺得隱約和潔諾薇亞有點像，但那種感覺得出四肢發達、頭腦簡單的樣子，要說像勝家是很像勝家。而且還是巨乳！」

「不准叫我巨乳！又不是相良良晴！」

「那是誰啊？」

「真是夠了，為什麼來自未來世界或異世界的男人全都對胸部如此執著啊？長秀，還是一刀砍了他吧！」

「冷靜一點，柴田大人，有話好說。異世界的各位，我是織田家家老，丹羽長秀。」

「丹、丹羽長秀，為什麼會是個讓我不禁聯想到朱乃學姊的日本風格大姊姊啊？」

「不久前，我們的主君，織田信奈大人因為召喚儀式失敗而從本能寺消失了。原本在京都負責警備工作的糊塗蟲明智光秀似乎誤以為有人造反，公主殿下遭到討伐，一時心神錯亂才像這樣襲擊本能寺。即使我試圖說服明智大人，正在暴怒的她也聽不進去。二十分。」

「織田信奈？不是信長，而是信奈？而且還是公主？長、長秀小姐！難不成……難不成這個世界的戰國武將全都是女孩子嗎啊啊啊啊啊！」

「是的。雖然不到全部，不過超過半數都是女孩子。尤其是得天下有望的大人物都是。武田信玄、上杉謙信、小早川隆景、大友宗麟、伊達政宗、北条氏康。各個都是年輕的公主武將，不過伊達政宗還是個孩童就是了。」

「嗚哇啊啊啊啊啊？就該這樣！公主武將！公主武將的世界耶！這就表示長秀小姐……

在這個世界，只要一直打勝仗、占領國家，後宮就會自動擴大了對吧？」

「你說的沒錯，不過這讓我覺得已經聽得懂後宮這種不檢點的未來語的自己非常悲哀。四十分。」

「我決定了，莉雅絲。在我們把被召喚到駒王學園的織田信奈叫回來的這段期間內，我要在這個戰國時代代替織田信奈工作！暫時就由吉蒙里家來代替織田家進行統一天下的大業吧！我要成為乳龍帝！」

「該說很有一誠的作風嗎？你還真是和挫敗無緣呢。」

「一誠的個性或許很適合戰國時代呢。」

半兵衛表示「啊，這個世界的日本已經有姬巫女陛下了，所以你無法稱帝。」並露出苦笑。

「那就乳龍王吧！」

「嗚嗚。王也不太方便……」

「麻煩死了，那就乳龍大將軍好了！只要能建立起後宮，頭銜和身分地位是什麼我也不打算拘泥！」

「……嗚嗚。總覺得他和良晴先生很像……」

「大家也願意跟我來吧？」

「……只要給我更多這種很像羊羹的甜點，我就跟。」

那是名叫「外郎糕」的名古屋名產，請收下。半兵衛一邊這麼說，一邊遞了新的外郎糕給小貓。

「無論一誠先生去哪裡我都跟，可是眼前的明智軍該怎麼辦？我們完全被包圍了，無處可逃。雖然是這樣，但我們也不能和光秀先生戰鬥以及討伐他。」

「愛西亞，這不成問題。明智光秀也是女孩子對吧，長秀小姐？」

「是的。雖然額頭很寬，不過她是一位高貴的日本美女。只是相當死腦筋，有那麼一點把別人說的話當成耳邊風而恣意妄為的壞毛病。」

「只要是女孩子，即使德萊格不在，我也能夠讓她失去戰鬥能力！用乳龍帝（在某種層面上）的終極奧義，洋服崩壞！」

一誠在莉雅絲一面說「在這種狀況下你還是絲毫不改本色呢」，一面擰他的臉頰時嘗試性地把手放在莉雅絲的胸部上，然而他想用的招式沒有發動。

「怎……怎麼會？連洋服崩壞也沒辦法用嗎？嗚喔喔喔喔喔喔！」

半兵衛表示「一誠先生。你似乎擁有『龍』系列的魔法，但那在這個日本完全無效。因為我將流動在京都地下的龍脈給切斷了。嗚嗚。對不起對不起」同時哭喪著臉向一誠道歉，這讓一誠想像到衝擊性的未來，要是在這個戰國時代待得太久，自己肯定會遺忘胸部這個夢想而變成廢人。

「這……這樣下去我不就永遠無法拜見柴田勝家的胸部了嗎？在那之前，我又該如何擊退明智軍？不行。現在的我太過無力了……」

「哎，莉雅絲。原本進入臨戰態勢、情緒高張的一誠，現在精神力急劇萎靡了起來呢。明明身在如此激烈的戰場上。」

「快站起來，一誠！你一定辦得到的！即使少了龍之力，即使洋服崩壞被封住了，以你的能耐一定能學到足以開拓未來的新招式！快回想起你加入神祕學研究社以來的努力和戰鬥的每一天！」

「……沒錯……還在稱莉雅絲為社長的那個時候！我現在回想起那時候的我了！只要眼前還有胸部，我就不會放棄——！再說，這裡可是充滿公主武將的夢幻般的後宮世界！我一定要和夥伴們一起活著突破這個本能寺之變！我不是還活著嗎！只要還活著，我就不會放棄胸部！即使不靠神器的力量，我也要立刻想出別的手段來憑自己的力量來脫光明智光秀！」

「一誠先生，你好帥！」

「……臺詞很差勁，不過即使來到異世界還是很堅強呢。」

如果這裡不是戰場這麼激烈的地方，那個孩子原本是更冷靜的人。朱乃如此向長秀解釋。

好的。我認識一位男士和他很像，所以已經習慣了。長秀笑著這麼說。

然而，半兵衛一邊大幅顫抖，一邊抓著一誠的制服袖子說：

「一誠先生。若是同為織田家的雙方打起來會留下怨恨。為了收拾這個事態，只有將信奈大人叫回來，讓明智大人恢復理智一途。」

「意思是說把明智光秀脫光也沒辦法讓她恢復理智嗎？」

「是的。反而會讓她更激動。因為戰國時代的公主武將基本上全都是羞恥心極度強烈的人……畢竟是武士。像柴田大人那種類型，要是在人前突然被脫光衣服的話可能會切腹。」

「我明白了，半兵衛美眉。我純粹只是為了結束這場毫無益處的戰鬥才想脫光明智光秀。絕對不是只為了想把清純的日本美少女在胸部被我看見時，那副困惑喜悅又帶點嬌羞的模樣烙印在我的眼睛裡且永久儲存在我的腦內記憶體裡面這種私人利益才想脫光她喔。」

「好、好喔。我打從一開始就相信一誠先生不是這種人。嗚嗚。」

哎呀。半兵衛美眉的眼神已死了呢呵呵呵。朱乃如此苦笑。

這孩子不擅長說謊呢。愛西亞也淚眼汪汪地對半兵衛表示同情。

「不過，該怎麼把織田信奈帶回來？本能寺的大門快被突破了。火勢也開始延燒到建築物的各個角落，已經沒什麼時間了。」

「總之，在房間燒起來之前再執行一次『御厩零式』的術式吧。雖然情況不太一樣，但有半兵衛美眉這位軍師輔佐我們的話一定辦得到。說到竹中半兵衛，可是號稱『今孔明』的戰國時代第一天才軍師呢。」

「莉雅絲。光是這樣沒辦法和學園再次連接。另外一邊沒反應的話應該連接不上。」

「只能相信另一邊也會為了讓我們回到原本的世界而開始行動，賭這一把了。啊，可是……在這個世界沒辦法使用神器對吧？」

「對啊，莉雅絲。像『御厩零式』這麼大規模的召喚儀式，神器是必備的。只靠魔法陣無法得到足夠的動力。」

「各位。庭院裡豎著一座十字架。剛才的召喚一定是從那裡導入落雷的電力灌注在魔法陣裡面吧。可是現在已經完全放晴了，一點要下雨的跡象都沒有。」

「如果我能呼喚落雷就好了。」

我們不知道神器是怎樣的東西，不過應該有東西可以代替。半兵衛點頭表示。

「不愧是明智光秀，大門被突破了！明智軍的士兵一舉攻了過來，動作快！」

勝家似乎繞到大門去應戰了，聲音從遠處傳來。

與此同時，明智軍的足輕們接二連三地從庭園朝向一誠他們所在的房間蜂擁而至——！

「已經開始消失了！信奈！」

駒王學園神祕學研究社辦公室。

良晴伸出去的手穿過了信奈的身體。

官兵衛放聲大喊「這是怎麼回事，相良良晴？我西默盎憑藉所修習的南蠻科學也無法理解這個現象！」這麼嚷著。

「糟糕，來不及了！已經……」

「不！還來得及！」

轟————！

「利，休？（織田信奈的身體完全靜止了，透明化也停止了。）」

「這是？」

良晴等人轉過頭去，看見一個金髮鮑伯頭的嬌小美少女站在那裡。

「良晴同學。這是加斯帕的能力！」

「我用『停止世界的邪眼（forbidden balor view）』停住信奈小姐的時間了！但我也沒辦法一直停下去，請趕快開始召喚儀式！」

「啊，對喔，是紙箱裡面的那位對吧！終於在異世界遇見女孩子了啊啊啊啊！而且還很可愛！我還以為永遠無緣見到的現任ＪＫ身穿制服的模樣，終於來啦啊啊啊啊！」

「不好意思，我是男生。穿女裝是我的興趣。」

「……這肯定是搞錯了吧！千里迢迢越過世界線結果一個一個碰上的都是男人，我到底有多悽慘啊！是想和我在戰國時代認識的那些公主武將扯平嗎？」

「噫——有嚴重到需要哭出來嗎？辜負你的期待我很抱歉！」

「良晴同學，時間所剩不多了。快執行『御厩零式』。」

「啊，也對！魔法陣已經畫好了。拜託妳們了，官兵衛、利休！」

官兵衛表示「然而天公不作美，晴天不會有落雷！」並且抱頭苦惱，利休也說「利，休（沒有儀式上要用的名品茶器。）」同時雙手交疊成一個叉號。

「不用擔心。儘管這間社辦沒有茶器，但只要用上神器就能發動術式。我們也是用神器發動了『御厩零式』。」

「神器？木場，你說的那個在哪裡？」

「在我們的身體裡面。」

「身體裡面？」

「已已已經到極限了！信奈小姐的時間要開始流動了。快點！」

官兵衛說「總之先解放術式再說！回到戰國時代，織田信奈就不會消失了對吧！我要憑這個大功收下北九州一帶的領國！嗯呼——！」並且開始詠唱召喚咒文，利休也一邊以動畫萌聲唱著「哥德、哥德。蘿莉、蘿莉」，一邊跳起奇妙的舞蹈。

然後犬千代則是跪坐在魔法陣的正面，大口大口吃著羊羹。

「來了，官兵衛，幹得好啊！魔法陣的中心冒出光柱了！」

「交給黑官一流就搞定了，啊——哈哈哈哈！」

「雖然耀眼到看不見，不過戰國時代的本能寺就在這道光柱的另一邊對吧！我要穿越了！奇、奇怪，不太對勁。我沒辦法踏進去裡面。有一堵看不見的光牆擋著我！」

「不行，良晴同學！能量輸出還不足以連接起兩個世界！因為少了被召喚到戰國時代的一誠同學和愛西亞同學的神器！只靠我和加斯帕的神器還不夠……」

「噫——我沒辦法繼續暫停時間了——！」

「不會吧啊啊啊啊？拜託你，再撐一下！否則信奈會消失！」

這個時候。

犬千代突然舉起朱槍，站了起來。

「……光柱的另一邊有貓的影子。這一定是貓妖。」

「貓的影子？我看不見啊？」

「貓就該被狗劇除。御犬大人才是至高無上——！」

咚！

犬千代塞得滿嘴都是羊羹，並將朱槍對準光柱刺了進去。

使盡渾身解數的一擊——！

「刺中了！」

鏗！

朱槍的尖端和某人堅硬如岩石般的拳頭碰在一起。

碰撞的衝擊讓光牆崩潰，從本能寺的和室對著光牆出拳的某人也跟著露面。

「……最……最愛貓咪。」

那就是表示她感應到光牆後面有狗的氣息，灌注全力出拳的小貓。

還塞了滿嘴外郎糕，大口嚼著。

遭受明智光秀襲擊的本能寺方面也使用了大量的名品茶器執行了「御厩零式」，試圖喚回被沖到駒王學園去的信奈。

但是輸出還差那麼一點點！穿越不了光牆！沒有落雷的力量還是不行！正當周圍被明智光秀的大軍完全包圍，一行人窮途末路之際，小貓突然說出「……狗就該被貓打倒」，同時舉起拳頭朝著光牆揮出。

「雖然不知道發生了什麼事，不過小貓小姐和前田犬千代大人使盡渾身解數的一擊成了臨門一腳，打破光牆讓兩個世界連接起來了！滿分！」

「哎呀哎呀，呵呵呵。狗和貓超越時空痛恨著彼此的那份情感，或許已經可以說是愛情的反面表現了吧。」

「……外郎糕，好吃。」

「……羊羹，好吃。」

一邊交換外郎糕和羊羹，犬和貓舉手擊掌。

小貓和犬千代。宿命的動物對決以雙方都大獲全勝這種最棒的結果告終。

「雙方的魔法陣輸出都變弱了，兩邊的五人與五人請盡快交換位置！」

在木場如此放聲吶喊的同時，一誠等人衝進開始消失的光柱裡，勉強回到神祕學研究社辦公室，良晴等人則是一邊推著開始再次實體化並且說著「現在是什麼狀況？」一臉茫然的信奈，一邊回到本能寺的房間。

俗話說，英雄識英雄。一誠和良晴在擦身而過的短暫時間內，分別喃喃說著「好個一臉色相的男人」、「第一次見到看起來這麼喜歡胸部的男人」，同時手臂互碰以示惜別。

然而，良晴有一點無法接受。

疑似一誠的女友的莉雅絲是個有著超越巨乳稱為爆乳也不為過的胸部的犯規級美少女。

相較之下，雖然信奈是戰國日本第一美少女，在胸部尺寸上略為不利卻是不爭的事實。不僅如此，要是說出這種話還會立刻被信奈斬殺，所以就連半開玩笑地抱怨也不行——不過原因不只這樣。

「一誠，你還好嗎？你身上中了好幾支火箭。明明連神器也沒辦法用，卻當肉盾保護我……瞧你都受傷了。」

「一誠先生，回到社辦後我立刻幫你治療！」

「哎呀哎呀。一誠，要治療的話我可以幫你治。」

「你叫兵藤一誠對吧？你的社團裡的那些女生是怎樣？你那麼受歡迎嗎？不但受歡迎而且女生之間還和樂融融嗎？為什麼你身邊不會腥風血雨啊？這不就是真正的後宮狀態嗎！現代日本應該是一夫一妻制才對吧啊啊啊啊？要怎樣才能擁有後宮還可以讓女友不吃醋，快教教我！因為種種因素我迫切需要那種訣竅！」

「相良良晴，擁有後宮的是你才對吧？在織田家工作想要戰國日本的哪塊地都可以，而且還有一大堆公主武將，犯規也該有個限度吧！」

「我總是差點被愛吃醋的信奈殺掉好嗎！即使是已經晉升為一國一城之主的現在還是看得到吃不到。後宮根本是無法實現的夢想！」

「我的莉雅絲也會吃醋啊，不過織田信長不行吧，織田信長。」

「不對，我的女友是『織田信奈』！織田信長是歷史學家捏造出來的虛構人物！」

「你倒是說得很果斷嘛！夠熱血！再會了，朋友啊！為了後宮！」

「好！為了後宮！」

在五人與五人回到原本的房間的同時……

光柱也跟著關上了。

「奇怪？信奈大人？妳不是因為有人造反而被討伐了嗎？」

我要為信奈大人報仇～敵人在本能寺！如此嚷嚷的明智光秀親自扛著種子島踏進房間，看見信奈本人就蹲在魔法陣的正中央喝著茶，整個人僵住且冒出一堆問號，最後渾身虛脫。

本能寺。

「居居居居居然還活著嗎！十兵衛還以為……信、信奈大人——！」

「十兵衛？妳是擅自認定我被討伐了才襲擊本能寺嗎？妳這個人真是的。再怎麼糊塗也該有個限度吧。妳放心，在統一天下之前，我怎麼可能倒下呢！」

「真是太好了，信奈大人——！」

鎧甲上到處插著箭的勝家表示「不，我差點就要被光秀的軍隊給討伐了耶。光秀闖了這麼大的禍還不用被究責嗎？」而歪頭不解，於是長秀苦笑著說「既然公主都生還了，無論如何結果都是滿分」，拍了拍勝家的肩膀。

「官兵衛小姐，歡迎回來。我好擔心喔，嗚嗚。」

「我才擔心妳呢，半兵衛，妳在本能寺好像被逼到走投無路了對吧？沒有我西默盎在妳果然還是不行呢，啊——哈哈哈！」

「利，休（我原本還想調查一下異世界的神器呢，結果沒有時間。）」

「……羊羹怎麼做……應該向貓問清楚才對……嚼嚼。」

信奈等人為了慶祝重逢就這麼開起茶會來了。

明智陣營的足輕們一邊聊著「到頭來是怎樣啊？」「誰教我們家的公主那麼衝動。看來有人造反只是妄想的樣子」「幸虧身為大將的信奈大人沒有要公主切腹，還好還好」一邊收兵的時候，躺在簷廊的良晴喃喃說著「啊——真是夠了。不過要是能就此消耗掉本能寺旗標的話倒是不錯」。

「嗚嗚。我覺得沒有這麼好。不過，這次經驗或許可以在今後成為參考。畢竟還沒鎖定誰才是真正執行的犯人，再說也很有可能不是某人出自野心而造反，是像這次一樣基於誤會而偶發性地造成了本能寺之變，這種可能性也該納入考量。」

半兵衛在良晴身邊輕巧地坐了下來，然後說了聲「請」便讓他躺大腿。

「半半半半兵衛？妳怎麼了？我會害羞啦別這樣！好癢！」

「是的。躺女孩子的大腿能讓男士得到療癒，這是駒王學園的各位教我的。我已經不是陰陽師了，所以無法使用治癒能力，但如果是大腿，我可以讓良晴先生隨便躺。」

「半兵衛，妳太溫柔了吧……嗚嗚……而且這麼積極的半兵衛好新奇，真是太棒了！」

「莉雅絲小姐還說有胸部的話療癒效果會更好，但很遺憾的，我的胸部很小。可是可是，他們也告訴我，只要每天喝牛奶就會一直成長，所以我接下來會努力！為了讓每天在會戰當中賭上性命的良晴先生的靈魂得到療癒！」

「呼哈啊啊～？莉雅絲小姐真是天使，不對，她好像是惡魔吧？」

「是的。聽說是魔王陛下的妹妹。」

「啊～我也好想不當人類改當惡魔喔～如果信奈的胸部有莉雅絲小姐那麼大就好了～話雖如此，那傢伙的胸部相較於纖細的體態倒還挺大的，就差那麼一點點。沒錯，只要再大一個罩杯就好了。對了，也叫信奈一直喝牛奶如何？」

「呵呵。很好啊。我們在本能寺養牛吧。」

轟轟轟轟轟轟。

哎呀。背後好像有什麼東西在燃燒。燃燒的火焰相當劇烈喔？

「……要找魔王的話，這裡有一個喔？為了野望的話即使是比叡山也能不以為意地一把火燒掉的第六天魔王。」

我的天啊！我果然無法擁有後宮嗎！良晴緊緊抓著半兵衛的大腿閉上眼睛。

「吶，良晴？身為主君的我不久前還毫無誇示地命懸一線，你現在到底在和一個小女孩做什麼？還有……你說誰胸部小了？我也不算小了吧，一點都不小！怎樣啦什麼意思嘛，你這個男人到底是多貪婪的猴子啊！」

「嗚嗚。信奈大人，請妳冷靜。這這這不是所謂的出軌或是什麼的行為喔。這是駒王學園流的療癒方式……」

「半兵衛，你被惡魔騙了！猴子！你竟敢嫌主君的胸部小，罪該萬死！乖乖死心自己切腹吧！切腹！」

「噫噎～！慢著，信奈，刀下留人！被妳砍了就不叫切腹了吧！」

「混帳，不准逃！給我站住～！」

良晴心想：不知道有沒有魔法能夠矯正信奈愛吃醋的可怕壞毛病……

後記

各位讀者，好久不見。我是石踏。

距離上次（真惡魔高校Ｄ×Ｄ４）隔了長達一年，《ＤＸ.６》終於問世了。

相隔許久的理由請容我後續再提，首先來聊聊在本書中收錄聯名短篇的《織田信奈的野望》這部作品吧。

由於插畫家同樣是みやま零老師，之前在《DRAGON MAGAZINE》曾有一個企畫，決定以《Ｄ×Ｄ》和《信奈》來創作聯名小說。雙方分別書寫短篇，然後同時在雜誌上聯名刊登。春日みかげ老師寫的Ｄ×Ｄ角色及我寫的信奈角色一起客串穿插，以各自的視角和故事發展寫成的兩個短篇，我想內容都非常歡樂。

再次感謝春日老師，當時的聯名活動，以及這次能夠將短編收錄在這本《ＤＸ.６》當中，真的非常謝謝您。聯名活動，我玩得非常開心。

言歸正傳，關於距離上次隔了這麼久的理由，是因為我在２０２０年身體狀況明顯變

差，必須長期療養。雖說不至於危及性命，但在去年進入夏季時我就開始無法順利寫作，只好專注在治療及療養上面。現在也歸功於藥效，我開始慢慢能夠恢復一般的日常生活了。目前正在和責編討論，摸索回歸寫作工作的時期。

各位書迷，無法準備《真D×D》與《SLASHDØG》的新刊及本書用的短篇新稿，我真的非常過意不去。這次身體狀況欠佳給みやま零老師、負責《SLASHDØG》的きくらげ老師、責編都添了許多的麻煩，真的很抱歉。

近年來，我的身體狀況之差讓各位擔心了，不過我在狀況好的時候也想到了不少關於各個作品的故事發展及寫作的想法，我都做了筆記，不時也會和責編討論，關於這方面請各位放心。

近期內我一定會回歸寫作，還請各位再稍等一陣子，多多包涵。

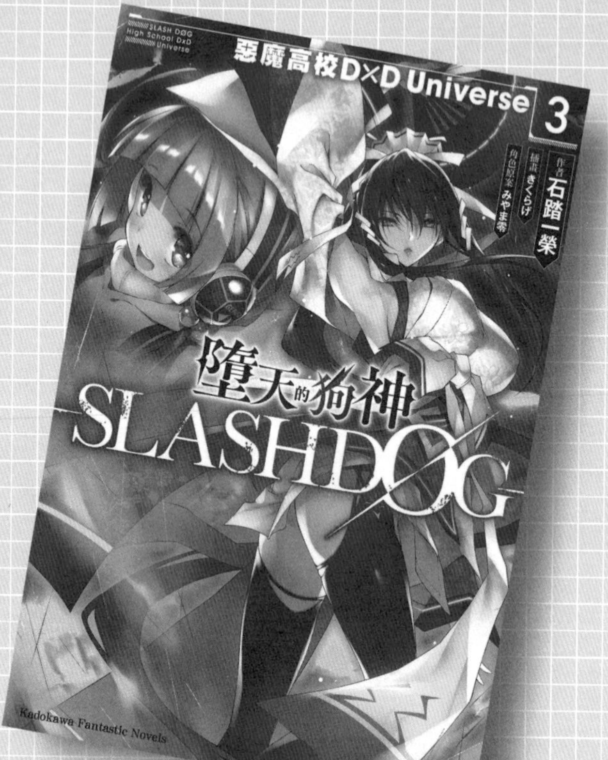

惡魔高校D×D Universe

墮天的狗神 -SLASHDØG- 1~3 待續

Kadokawa Fantastic Novels

作者：石踏一榮　插畫：きくらげ　角色原案：みやま零

愛情爭奪戰逐漸升溫——
離群的驅魔師弗利德與日本妖怪接連來襲！

刃狗透過訓練使他的能力獲得飛躍性的成長，為完成總督阿撒賽勒交付的護衛任務而前往目的地，卻碰上了弗利德與日本妖怪的襲擊，為了拯救大家，鳶雄和朱雀進行儀式，讓沉睡於體內的嶄新力量獲得覺醒！

各 **NT$200~240/HK$67~80**

Goodend TOHKA

SpiritNo.10
AstralDress-PrincessType Weapon-ThroneType [Sandalphon]

約會大作戰
DATE A LIVE

美好結局十香 下

橘公司
The author
Koushi Tachibana

22

Kadokawa Fantastic Novels

約會大作戰 1~22（完）

作者：橘公司　插畫：つなこ

戰爭將再次碰上故事起始的命運之日——新世代男女青春紀事即將完結！

在精靈本應消失的世界出現一名神祕的精靈〈野獸〉。五河士道賭上性命，嘗試與對自己表現出執著的神祕少女對話。曾經身為精靈的少女們也為了實現士道的決心，毅然決然齊聚戰場。與精靈約會，使她迷戀上自己——這便是過往累積至今的一切。

各 NT$200~260/HK$55~87

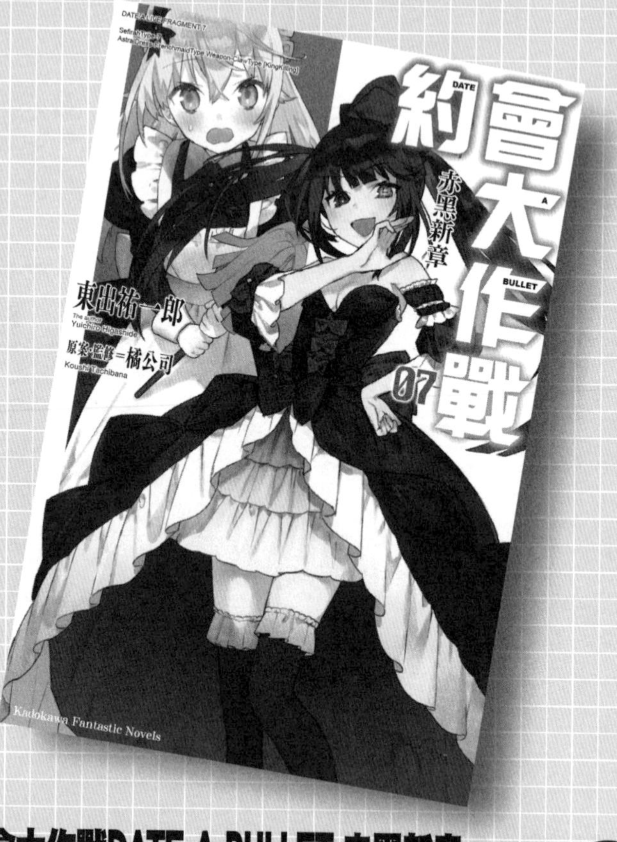

約會大作戰DATE A BULLET 赤黑新章 1~7 待續

Kadokawa Fantastic Novels

作者：東出祐一郎　原案·監修：橘公司　插畫：NOCO

狂三等人迎擊白女王的軍隊，她們要如何救出變成敵人的響？

過去摯友的身影與白女王重疊。緋衣響被擄走。時崎狂三等人壓抑著內心五味雜陳的情緒，在第二領域迎擊白女王率領的軍隊。絕望的戰力差距導致狂三等人逐漸被逼入絕境。鄰界的命運交付在成為反派千金的狂三手上？好了——開始我們的決戰吧。

各 NT$200~240/HK$67~80

世界頂尖的暗殺者轉生為異世界貴族 1~3 待續

作者：月夜涙　插畫：れい亜

重生後的傳奇暗殺者技壓威脅王都的眾魔族！
刺客奇幻作品，激戰的第三幕！

暗殺者盧各與勇者艾波納合力克服魔族來襲的危機，這次的活躍卻讓圖哈德家得到王都看重而接獲「誅討魔族」的任務。要對付得由勇者出手才殺得了的魔族想必太魯莽，但盧各已經靠從艾波納那裡分來的「新力量」與本身的洞察力找出突破口！

各 **NT$220/HK$73**

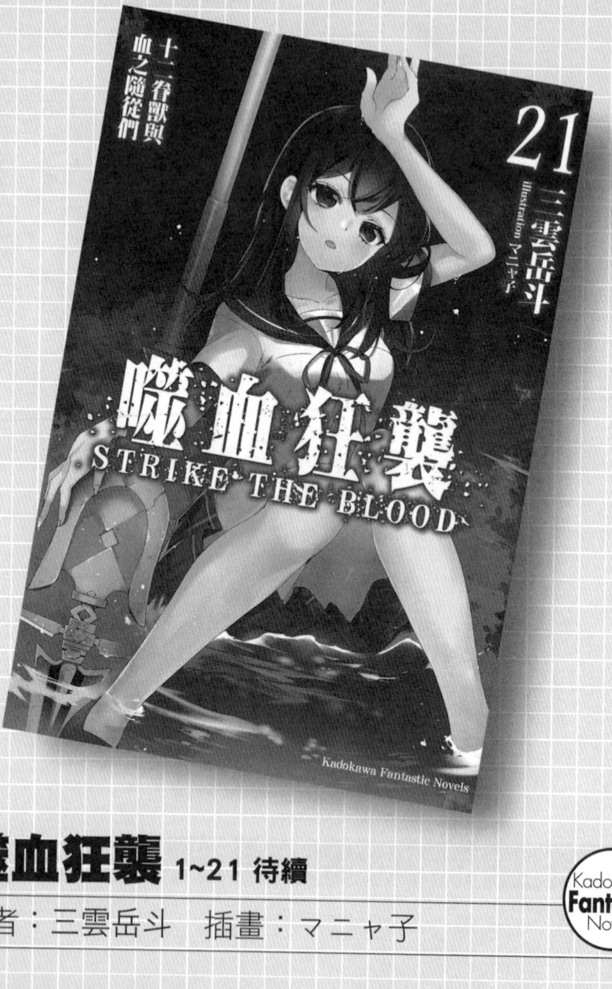

十二眷獸與血之隨從們

21

三雲岳斗

illustration マニャ子

噬血狂襲

STRIKE THE BLOOD

Kadokawa Fantastic Novels

噬血狂襲 1~21 待續

作者：三雲岳斗　插畫：マニャ子

古城被強行將眷獸植入體內，變成了怪物。
雪菜等人只得找齊十二名「血之伴侶」——

第一真祖齊伊出現在古城等人面前，提出意想不到的交易。齊伊交給古城的是一批新眷獸。古城受到強行植入體內的眷獸影響，理性盡失，進而變成怪物。為了讓古城駕馭住眷獸，雪菜等人只得到處奔波以找齊必要的十二名「血之伴侶」，豈料——

各 **NT$180~280/HK$50~87**

國家圖書館出版品預行編目資料

惡魔高校DxD. DX.6, 請問您今天要來點惡魔嗎?/
石踏一榮作 ; kazano譯. -- 初版. -- 臺北市 : 臺灣
角川股份有限公司, 2021.10
面 ; 公分. -- (Kadokawa fantastic novels)
譯自 : ハイスクールD×D. DX.6, ご注文はアク
マですか？
ISBN 978-986-524-886-4(平裝)

861.57 110013836

Kadokawa
Fantastic
Novels

惡魔高校D×D DX.6
請問您今天要來點惡魔嗎？

（原著名：ハイスクールD×D DX.6 ご注文はアクマですか？）

2021年10月25日　初版第1刷發行

作　者：石踏一榮
插　畫：みやま零
譯　者：kazano

發行人：岩崎剛人
總編輯：蔡佩芬
編　輯：高韻涵
美術設計：黃永漢
印　務：李明修（主任）、張加恩（主任）、張凱棋

發行所：台灣角川股份有限公司
地　址：104台北市中山區松江路223號3樓
電　話：（02）2515-3000
傳　真：（02）2515-0033
網　址：www.kadokawa.com.tw
劃撥帳戶：台灣角川股份有限公司
劃撥帳號：19487412
法律顧問：有澤法律事務所
製　版：尚騰印刷事業有限公司
ISBN：978-986-524-886-4